Erscheinungsjahr: 2014
Copyright by Antje Freudenberg-Bätjer

Satz: Michaela Sönnichsen, Mittelnkirchen
Bildnachweis Titel: Thomas Weiss / pixelio.de
(Familie)

Herstellung und Verlag:
BoD - Books on Demand, Norderstedt
ISBN 978-3-7347-3910-1

9 783734 739101

Ich, meine Familie und 1000 Leute, die es besser wissen

Eine Reise durch das Leben
von Antje Freudenberg-Bätjer

Autobiografische Erzählung
Antje Freudenberg-Bätjer

Vorwort

Nicht einmal zwei Kinder pro Frau - das ist die durchschnittliche Geburtenrate in Deutschland. Ich habe vier Kinder und lebe nicht vom Staat. Nein, ich habe sogar einen richtigen Beruf erlernt, bin noch immer glücklich verheiratet und leite ein kleines Familienunternehmen.

Aber das allein ist natürlich noch kein Grund, ein Buch zu schreiben. Wer mich kennt, weiß, dass ich schon viel erlebt und noch mehr zu erzählen habe. Und so reifte irgendwann die Idee in mir, meine Geschichten einfach niederzuschreiben. Und seien wir doch ehrlich: Man guckt doch gerne einmal hinter die geschlossenen Türen der Nachbarn?

Als Autorin dieser Zeilen ist der Gegenstand dieses Buches natürlich meine Familie. Mit ihr steht und fällt meine Handlung. Es ist keine Geschichte über Zauberei oder Gespenster, Vampire oder sexy Firmenmogule - nein, es sind die vielen Alltagserlebnisse und menschlichen Leidenschaften, die bei einer sechsköpfigen Familie zwangsläufig für ein abwechslungsreiches Leben sorgen. Ich bin zwar bestrebt, meine Grundprinzipien einzuhalten, bekenne aber frei, dass es mir nicht immer gelingt. Und daran möchte ich nun Sie, liebe Leser, einfach einmal teilhaben lassen. Ich freue mich ehrlich, Sie an dieser Stelle begrüßen zu können.

DANKE

Junge Jahre

Ich erinnere mich noch genau an einen Elternabend im Neuenkirchener Kindergarten. Meine jüngste Tochter, Hanna, hatte einen Platz in der Krippe bekommen. Es waren die letzten schönen Tage im August, der Abend noch angenehm warm war. Wir saßen auf der Terrasse, versorgt mit Sekt, unmittelbar neben dem Spielplatz. Wie jedes Jahr sollten sich die neuen und "alten" Eltern vorstellen. Ich tat das wie folgt:
"Hallo, mein Name ist Antje Freudenberg-Bätjer. Ich habe vier Kinder, aber ob das so bleibt, kann man ja bei mir nie genau wissen." Weiter kam ich nicht, denn seltsamerweise begannen an dieser Stelle alle, lauthals zu lachen. Als dann auch noch die Frage nach dem Lieblingsplatz kam, hörte das Lachen der anderen Eltern gar nicht mehr auf. Ich fand das komisch, hatte ich doch lediglich erzählt, dass ich am liebsten bei der Arbeit bin. Und das ist ein Bestattungsunternehmen, aber ob das nun so lustig ist?
Aber vielleicht sollte ich meine Geschichte weiter vorne beginnen. Als ich 20 Jahre alt war, wohnte ich in Tangendorf bei Lüneburg, war aber bereits seit fünf Jahren mit meinem Mann zusammen. Wohnen ist jetzt vielleicht nicht der richtige Begriff, denn genau genommen handelte es sich um eine Wohntoilette mit Kochnische. Ich hatte den Beruf der Hotelfachfrau erlernt und arbeitete nun in einem Landhotel. Die umgebaute Garage, die ich vorübergehend mein Zuhause nennen durfte, hatte noch eine Besonderheit. Meine Nachbarn waren Frau Hausschwein und Herr

Wildschwein. Sie wohnten im Stall nebenan und ich muss sagen, ich hatte nie wieder so gute Nachbarn.

Aber natürlich schmiedete ich auch in meiner Heimat, im Alten Land, Pläne. Mein Mann und ich bauten bereits ein Haus in Neuenkirchen. Wie die meisten hier hatten wir uns auf dem Feuerwehrball kennengelernt - die Alternative ist übrigens das Schützenfest (da haben sich zum Beispiel meine Eltern kennengelernt) - aber das sei nur am Rande erwähnt.

"In jedem 7. Ei steckt eine Überraschung"

Nun war es so: Ich wusste immer schon, dass ich viele Kinder haben wollte. Mein Mann plante das Haus allerdings ohne. Aber da Männer meiner Meinung nach alles essen, aber nicht alles wissen sollten, hatte ich mich diesbezüglich - formulieren wir es einmal so - stets ein wenig zurückgehalten. Nun war ich also 20 und schwanger. Ich erzählte es kurz nach Weihnachten auf unserer Baustelle. Die Worte waren einfach gewählt: "Ich bin schwanger" und die Antwort meines Mannes auch nicht länger. Ralf war geschockt, das konnte ich auf den ersten Blick erkennen. Aber Tatsachen sind nun einmal Tatsachen, und so hatte er sich doch schnell an den Gedanken gewöhnt - nichtsahnend, dass wir diese Unterhaltung noch drei Mal führen würden. Aber dazu später mehr.

Ich wurde kugelrund wie es sich für eine Schwangere gehört. Doch mein Körper schien irgendwann ein Eigenleben zu führen, und so wog ich am Ende 130 Kilogramm und hatte den stolzen Bauchumfang von 114 Zentimetern. Besonders niedlich sah es aus, wenn ich mich in meiner Arbeitskleidung, einem Trachtenrock mit einer unglaublich kurzen Kellnerschürze, zwischen Tisch und Stuhl im Lokal hindurchzwängte. Als ich dann hier bei uns als Jungschützenkönigin abdankte, war ich hochschwanger, und als der Jungschützenempfang stattfand, hatte ich bereits Senkwehen.

Jan

Was das Geschlecht anbelangt, siegte natürlich meine Alt-
länder Neugierde. Bei jedem Ultraschall wollte ich wissen,
was es denn nun werden würde. Der Frauenarzt war sich
ziemlich sicher, dass es ein Mädchen ist. Nun ist das aber
so. Eben jener Frauenarzt hat mich schon im Bauch meiner
Mutter betrachtet. Auch bei mir hat er noch drei Wochen
vor der Geburt geschworen, dass da ein Stammhalter her-
anwächst. Und weil er sich so sicher war, hat er um eine
Flasche Cognac gewettet - und diese an meinen Vater verloren. Mein Vater hatte meine Geburt übrigens zwischen
zwei Beerdigungen gerade noch geschafft - als Bestatter
kann man sich eben nicht aussuchen, wann man arbeitet.
Aber wie hatten seinen Kollegen meine Ankunft als Erden-
bürgerin so schön kommentiert: "Wieder ein Ritzenpisser."
Ich vertraute zwar meinem Frauenarzt in allen medizini-
schen Belangen, aber beim Geschlecht blieb ich argwöh-
nisch. Und ich sollte Recht behalten.
Da wir noch nicht verheiratet waren, hatten Ralf und ich
einen Deal für den Nachnamen unseres ungeborenen Kindes. Ein Mädchen sollte Freudenberg (wie die Mama), ein
Junge Bätjer (wie der Papa) heißen.
Beim ersten Kind machen viele den Fehler, sich Ratschläge
bei Freunden, die bereits Kinder haben, zu holen. Ich habe
das auch gemacht und musste schnell feststellen, dass man
selbst Schuld hat - auf jede Frage habe ich mindestens drei
verschiedene Antworten bekommen. Aber auch das Lesen
von Zeitschriften und Erziehungsbüchern brachte mich

nicht weiter, denn hier gibt es zwar studierte Doktoren mit tollen Ratschlägen, aber bei näherer Betrachtung wird man das Gefühl nicht los, dass die Autoren selbst gar keine Kinder haben. Im Klartext: Theorie und Praxis passen einfach nicht zusammen.

Ich glaube, beim ersten Kind sollte man stattdessen lieber einen Kaninchenzüchter befragen. Ehrlich gesagt ist es doch so, dass das erste Kind etwas von einem Versuchskaninchen hat. Man hat so viel gehört, gelesen und letztlich testet man doch, was bei einem selbst passt. Ein ganz einfaches Beispiel ist die Situation an der Kasse im Supermarkt. Wirklich spannend. Wenn ich früher die Kinder gesehen habe, die sich auf den Fußboden schmeißen und den ganzen Laden zusammenschreien, habe ich immer den Eltern die Schuld gegeben.

Heute weiß ich zwei Dinge: Das stimmt nicht. Und alle Eltern machen das wenigstens einmal durch. Natürlich muss man in einem solchen Augenblick handeln - oder eben nicht. Ich persönlich habe ich mich für die konsequente Ignoranz entschieden. Aber das ist leider nicht so einfach, denn immer wieder wird man auf sein Kind aufmerksam aufgemacht. Als wenn man wirklich einen laut quakenden Meter auf dem Fußboden übersehen könnte! Auch hier hilft es, sich im Ignorieren des Schreiens zu üben. Eine andere Möglichkeit ist es, sich neben das Kind auf den Fußboden zu legen und denselben Zirkus zu veranstalten. Vorsichtshalber kann man das natürlich in einem weiter entfernten Supermarkt (vorzugsweise im Urlaub) testen, aber wer abgehärtet ist, darf das auch gerne bei sich in seinem

Lieblingsladen probieren.

Wie es sich für eine gute werdende Mutter gehört, habe ich auch einen Geburtsvorbereitungskurs besucht. Die gut gemeinten Ratschläge der Nachbarn ("Das Kind kommt nicht so einfach heraus, wie es hineingekommen ist") hatten doch etwas bewirkt, und so saß ich mit meinem Mann Woche für Woche in einem Haufen Kugelbäuche.

Was soll ich sagen? Man hätte es nicht machen müssen. Man hört Vieles, was man nicht hören möchte und nur wenig, was wirklich sinnvoll ist. Ich wollte in diesem Augenblick nicht wissen, warum ein Baby manchmal auch am dritten Tag nicht das große Geschäft verrichtet. Und die Mütter, die bereits mit dem dritten Kind schwanger waren, sollten doch nun den Geburtsvorgang verstanden haben. Aber nun ja, jedem das Seine, nicht wahr? Für mich war es auf jeden Fall der erste und letzte Geburtsvorbereitungskurs zugleich.

"Nicht anfassen - nur gucken!"

Erstaunlich fand ich auch, dass der Bauch einer Frau nicht mehr ihr alleine gehört, sobald es einen Bewohner gibt. Unzählige Menschen fühlen sich aufgrund der Rundungen zum Anfassen verpflichtet. Sie finden das völlig in Ordnung. Vorher fragen muss man natürlich auch nicht, das ist ja schließlich völlig überbewertet. Eines möchte ich dazu sagen: Ich kenne keine Frau, der das wirklich gefällt - keine! Auch auf das muntere Geschlechtererkennen durch Handauflegen kann jede Schwangere verzichten. Und würde es danach gehen, kann jedes Baby nur ein Zwitter sein - ganz klar.

Dass mit den Wehen ist in der ersten Schwangerschaft ja auch so eine Sache. Fünf Wochen vor dem errechneten Geburtstermin war ich mir ziemlich sicher, dass es losging. Da meine Freundin Hebamme war, blieb ich zunächst zu Hause. Irgendwann landete ich dann aber doch im Stader Krankenhaus, wo die Hebamme meinen Mann erst einmal wieder nach Hause schickte. Ich selbst sollte schlafen - probieren Sie das einmal, wenn sie alle vier Minuten Wehen haben! Als ich dann morgens auch noch gefragt wurde, warum ich so früh auf sei und ob ich auf das Frühstück warten würde, habe ich mich kurzerhand selbst entlassen. Da die Wehen mir allerdings nicht den Gefallen getan haben und in Stade zurückgeblieben sind, kam ich ins Barmbekker Krankenhaus. Hier gab es dann einen Wehentropf und oh, welch Überraschung, kurze Zeit später kam Jan zur Welt.

Zum Glück hatte es sein Vater noch rechtzeitig geschafft, denn sonst hätte der den Augenblick doch tatsächlich wegen einer Currywurst mit Pommes versäumt. Er hatte zwar die Hebammen gefragt, ob er etwas essen gehen könne, doch niemand ahnte, dass so etwas bei ihm mal eben eine Stunde Zeit in Anspruch nehmen kann. Die Hebamme war "not amused" während mein Gatte das Problem an sich nicht wirklich verstand. Eine Mahlzeit braucht eben Zeit - daran hat sich bei ihm bis heute nichts geändert.

Aber letztlich hatte alles geklappt. Es war der 21. August 2002 als wir unser Leben zu dritt starteten. Da wir in einem

Dorf wohnen und nun das erste Kind da war, kamen natürlich gleich die nett gemeinten Hinweise: Jetzt müsst ihr aber auch heiraten. Natürlich, sagte ich mir, im 21. Jahrhundert konnte man nun wirklich nicht in einer wilden Ehe leben - wo kämen wir denn dahin? Was soll ich sagen: Wir heirateten vorerst nicht. Zunächst waren ja auch andere Dinge wichtiger für mich. Auch wenn eine Schwangerschaft für mich nur ein Umstand und keine Krankheit ist, waren mir die 130 Kilogramm doch einige zu viel. Natürlich hatten auch hier einige der Dorfbewohner mahnende Worte an mich gerichtet.

"Das ist doch viel zu viel, das kann doch nicht gesund sein" und andere Floskeln begleiteten mich fortan durch den Alltag. Zunächst probierte ich es mit "Weight Watchers". Das Problem war nur, dass die Punkte, die ich am Tag haben durfte, bereits mit meiner Kaffeesahne verplant waren. Und auf Kaffee konnte ich nun wirklich nicht verzichten. Aber auch ohne "Weight Watchers" verlor ich 40 Kilogramm in vier Monaten. Nun kamen wieder Frauen bei mir vorbei, die mich an ihrer Weisheit teilhaben lassen wollten. Der häufigste Satz: "Das kann doch nicht gesund sein". Ja, das nenne ich eine überzeugende Logik.

Die ersten drei Wochen mit Jan waren einfach nur toll. Doch dann kamen die ersten Probleme. Er hatte Blockaden, war überbeweglich und litt zudem unter Muskelhypotonie. Im Klartext: Vor uns lagen zwei Jahre Physiotherapie und unzählige Besuche beim Orthopäden. Dann wurde auch noch der Verdacht geäußert, dass der Junge einen Wasserkopf haben könnte. Was die Ärzte aber nicht wussten: Die Bätjers sind geradezu bekannt für ihre großen Köpfe. Das liegt einfach in der Familie. Aber selbst wenn das nicht gewesen wäre - einen Gentest hätten wir nie benötigt, die Familienähnlichkeit ist auffallend groß. Den vermeintlichen Wasserkopf gab es also nicht, dafür aber die Vorsorgeuntersuchung im Alter von zwei Monaten. Jan war wenig kooperationsbereit und schrie, was das Zeug hielt. Am Ende der Untersuchung sagte die Ärztin zu mir: "Sie haben einen kerngesunden Jungen. Aber nun hat er einen Leistenbruch vom Schreien."

Ich war ehrlich erstaunt und - was wirklich nur selten vorkommt - einen Moment lang sprachlos. So wurde Jan also kurz darauf in Stade operiert. Vorher hatte man mir gesagt, der Eingriff würde etwa eine Stunde dauern. Ich bin nun wirklich ein entspannter Mensch - wer mich kennt, wird das nur bestätigen können - aber nachdem mein Kind auch nach drei Stunden noch nicht wieder da war, machte ich mir doch Sorgen. Tatsächlich hatte es Komplikationen gegeben, aber zum Glück hatte sich alles zum Guten gewendet. Ansonsten war Jan ein ruhiges und entspanntes Kind.

"Was lange währt, wird endlich gut"

So wagte ich es dann auch zwei Jahre später, mit ihm auf dem Rücksitz, endlich meine Führerscheinprüfung zu machen. Zwischendurch hatten wir auch noch die Taufe unseres Kindes geplant. Übrigens war Jan das erste Kind eines ehemaligen Konfirmanden - das fand ich wirklich bemerkenswert. Da wir aber noch nicht verheiratet waren, hielt die damalige Pastorin es dennoch für ihre Pflicht, die eine für sie so wichtige Frage zu stellen: "Warum wollen Sie Ihr Kind taufen lassen?" Nun bin ich ja wirklich ein sehr ehrlicher Mensch - und eine Frau der Kirche belügt man erst Recht nicht. Also erklärte ich ihr ganz sachlich, dass man einerseits einfach keine Familienfeier auslässt und andererseits bei uns bereits ein Familientaufkleid existiert, das auf seinen nächsten Einsatz wartet. Ich kann nicht gerade sagen, dass die Pastorin besonders glücklich dreinblickte, aber wenig später wurde Jan ordnungsgemäß in der Kirche getauft. Und die Feier im "Hotel Cohrs" hat allen Gästen sehr gut gefallen.

Lina

Als Jan dann viereinhalb Jahre alt war, kam Lina zur Welt. Auch diese Schwangerschaft ließ mich gewohnt auseinandergehen, die 100 Kilogramm waren schnell erreicht und den Rest hätten ich am liebsten gar nicht mehr mitgezählt. Man muss meinem Mann zugutehalten, dass er sich dieses Mal von Anfang an freute. Verheiratet waren wir übrigens immer noch nicht, was natürlich wieder zu der höflichen Aufforderung führte, man möge doch die wilde Ehe nun endlich beenden. Wir entschieden uns jedoch, praktischere Dinge in die Tat umzusetzen - beispielsweise einen Umbau. Damit Kind Nummer zwei auch ein eigenes Zimmer haben würde, zogen wir in unserem Schlafzimmer eine weitere Wand ein.

Zu Linas Geschlecht wollte sich der Frauenarzt dieses Mal übrigens nicht äußern. Das mag vielleicht auch daran gelegen haben, dass ich ihn netterweise auf seine damals verlorene Wette hingewiesen habe. Lina leitete ihre Geburt nachts ein. Ich musste auf die Toilette (das häufige Wasserlassen gehört einfach zu jeder Schwangerschaft dazu) und ahnte, was passieren würde. Die Fruchtblase platzte, praktischerweise auf der Toilette, sodass ich meinem Mann und mir das Putzen ersparte. Nach dem sechsten oder siebten mittlerweile mehr als lautem Ruf nach Ralf (es wundert mich, dass nicht schon ein Nachbar vor der Tür stand), hörte ich aus der oberen Etage nur: "Was ist? Weißt du eigentlich, wie spät es ist?" So rief ich zunächst meine Mutter an und erklärte ihr, dass es losgehen würde. Obwohl sie wie ich ein Nachtmuffel ist, kam sie relativ schnell und entschied auch gleich, dass ich mit einer geplatzten Fruchtblase nur liegend in einem Rettungswagen transportiert werden dürfte.

Dem Rettungsassistenten erklärte ich gleich, dass ich das Kind auf keinen Fall noch während der Fahrt bekommen würde. Es ist doch so: Ein Rettungsassistent kann wirklich beinahe alles - nur Geburten eben nicht. Vielleicht habe ich es mir nur eingebildet, aber er wirkte unglaublich erleichtert.

Lina war wirklich von der schnellen Sorte. Nachdem wir im Krankenhaus eingetroffen waren, brauchte sie gerade einmal noch 45 Minuten, bis sie auf der Welt war. Die Ärztin war eben noch damit beschäftigt, mir einen Zugang zu legen, während sich gleichzeitig bereits das Köpfchen nach draußen schob. Sehr zum Leidwesen meines Mannes übrigens, denn der konnte seine BILD-Zeitung vom 19. April 2007 nicht zu Ende lesen. Von dieser Schnelligkeit hat meine Tochter leider nichts behalten, aber auch dazu später mehr. Überhaupt war mein Mann nicht sehr angetan von dieser Geburt, denn die Hebamme verlangte doch glatt von ihm, er möge mich etwas mehr unterstützen. Darauf stellte er lediglich fest: "Wieso, sie weiß doch, wie das geht." Doch die Freude, mit dem neuen Erdenbürger zu Hause zu sein, währte dieses Mal nur kurz. Trotz sommerlicher Temperaturen und reichlich Sonne hatte die kleine Maus eine Gelbsucht, die im Krankenhaus behandelt werden musste.

Erwähnte ich vorhin schon die Familienähnlichkeit? Lina

schloss sich dem an - leider auch, was die Physiotherapie anbelangt. Auch sie ist muskelhypoton und überbeweglich. Zudem hatte sie nach einigen Monaten einen extrem schiefen Kopf, sodass nicht einmal mehr die Ohren auf der gleichen Höhe saßen.

Wir mussten dann in die Eppendorfer Klinik fahren, wo sie einen Spezialhelm bekam. Da sie ihn ein halbes Jahr lang Tag und Nacht tragen musste, hatte es früher oder später jeder gesehen. Natürlich hat mich niemand direkt angesprochen, aber jeder im Dorf wusste etwas mehr als der andere. Von einem behinderten Kind war die Rede, und man hatte sehr viel Mitleid. Ich werde auch nie das Erlebnis im Supermarkt vergessen, als mich eine alte Dame ansprach. Genauer gesagt schrie sie beinahe, aber vielleicht mag das ja an einer schlechten Hörfähigkeit gelegen haben. Jedenfalls beschuldigte sie mich der Kindesmisshandlung. "Ihnen müsste man sofort das Kind wegnehmen, so etwas darf doch nicht wahr sein", war noch die harmloseste Formulierung.

Wie schon erwähnt, eigentlich bin ich sehr entspannt. Ich werde nur selten laut. Aber dieses Mal musste es sein. Damit die alte Dame auch wirklich alles genau verstand, schrie ich nun meinerseits zurück und erklärte ihr haargenau das medizinische Problem. Ich glaube, hinterher wusste auch wirklich jeder im Laden Bescheid.

"Bauch, Beine, Po: Habe ich alles..."

Auch bei Lina startete ich wieder mein individuelles

Abnehmprogramm und konnte schon bald Erfolge verbuchen. Aber natürlich blieb auch das nicht unkommentiert. Aber inzwischen gab es eine neue Variante. Da das Stillen bei Lina ebenso wenig wie bei Jan klappte, musste ich bei beiden frühzeitig zufüttern. Woran das lag, war im Dorf auch schnell klar: "Eine Kuh, die nicht frisst, steht trocken". Mit anderen Worten: Wer so schnell so viel abnimmt, muss sich nicht wundern, wenn er sein Baby nicht satt bekommt. Nun muss ich aber an dieser Stelle zugeben, dass meine Babys nicht gerade dünn waren. "Mopsig" ist noch nett ausgedrückt. Gerade erst neulich habe ich mir die Babyfotos von Lina angeschaut - allein ihr Unterarm hatte drei Speckrollen. Dass es so schlimm war, habe ich tatsächlich verdrängt. Lina war als Baby noch entspannter als ihr Bruder - und daran hat sich auch bis heute nichts geändert. Sie macht einfach alles in ihrem eigenen Tempo.

Auch Lina ließen wir taufen, und dieses Mal hatte die Pastorin auch nichts mehr dagegen einzuwenden. Gefeiert wurde allerdings nur in kleinem Kreise im "Hollerner Hof".

Die Überraschung

2007 war das Jahr, in welchem mein Mann mich überrascht hat. Und ich meine: wirklich überrascht. Er gehört zu den Menschen, denen man morgens einen Termin mitteilen kann, den er spätestens mittags vergessen hat. Er plant eigentlich gar nichts, Kinder ja auch nicht, aber zum Glück waren wir noch im Rohbau, als sich das erste ankündigt hat. Da wurde dann spontan noch eine weitere Wand für das Kinderzimmer eingezogen. Aber tatsächlich hatte er dieses eine Mal etwas Großes geplant. Zum 18. Geburtstag hatte ich eine Fahrt mit dem Heißluftballon geschenkt bekommen.

Aber entweder war ich schwanger oder das Wetter schlecht - jedenfalls waren wir bisher nie dazu gekommen, dieses einmalige Erlebnis wahrzunehmen. Aber nun sollte es endlich soweit sein. Ich ahnte nichts von den Rosen und dem Sekt an Bord. Und so stellte er mir dann unverhofft die eine Frage hoch oben über der Erde. Ich war tatsächlich gerührt und nach zwei Kindern konnte meine Antwort nun wirklich endlich "ja" lauten. Und dann folgte die zweite Überraschung. Da Lina noch ein Baby und ich immer noch viel zu dick war, schwebte mir eine Hochzeit im nächsten Sommer vor. Doch mein Mann hatte bereits geplant. Ich war sprachlos, denn bereits sechs Wochen später sollte die Hochzeit stattfinden. Es war alles schon gebucht.

Die Hochzeit

Das Lotterleben war also vorbei - die Hochzeitsvorberei-
tungen liefen auf Hochtouren. Nun gibt es im Alten Land
zahlreiche Traditionen. Die Feier im "Fährhaus Kirschenland" gehört beispielsweise dazu. Es gibt Paare, die schon
drei Jahre vorher den großen Saal reserviert haben - um sich
dann kurz vor der geplanten Hochzeit doch noch zu tren-
nen. Das ist zwar für das betreffende Paar tragisch, freut
aber wiederum andere, die auf einer nicht zu unterschät-
zenden Warteliste stehen.
In diesem Fall verließ ich mich ganz auf Ralf. Er hatte alle
Arrangements getroffen, aber genau genommen hatte er
dafür auch sehr viel Zeit gehabt. Ob man es glauben mag
oder nicht - verlobt haben wir uns bereits 2001. Zum Beweis
trug ich seitdem einen Ring, der dann auch kurzerhand der
Ehering werden sollte.
Eine weitere Tradition ist das Kaufen des Brautkleides. Das
bezahlt nämlich der Brautvater. So ging ich also auf seine
Kosten shoppen und freute mich sehr darüber. Das Kleid,
das ich mir letztlich aussuchte, war genau so, wie ich es mir
immer vorgestellt habe. Ich weiß nicht genau, ob mein Papa
einfach nur froh war, dass ich nach zwei Kindern nun endlich heiratete oder ob er besonders großzügig sein wollte,
aber das Kleid für das Standesamt kaufte er mir auch noch.
Die standesamtliche und auch die kirchliche Trauung fanden am Freitag, 9. November statt. Der November nahm
seinen Ruf sehr Ernst - es war nass, kalt und außerdem noch
verdammt stürmisch. Ich habe selten so gefroren. Das

Datum unserer Hochzeit hat Ralf übrigens nach Männer-
art ausgewählt. Just an diesem Tag hat sein Freund
Geburtstag, sodass wir im Grunde nur unsere runden
Hochzeitstage wirklich feiern - aber das wiederum ist
natürlich eine ganz andere Geschichte.

Auf dem Standesamt in Steinkirchen waren nur unsere
Familien, die Trauzeugen und die engsten Freunde anwe-
send. Abgeholt worden sind wir standesgemäß mit einem
Jaguar - ein wunderschöner Wagen, den ich nur zu gerne
behalten hätte. Die Zeremonie selbst in dem kleinen Zimmer des Steinkirchener Standesamtes war so schön, wie es
bei einer Beamtin zu erwarten war. Dennoch war ich ein
wenig gerührt und genoss den Augenblick. Danach fuhren
wir zusammen mit der kleinen Gesellschaft zum Brunchen
zum "Hotel Cohrs an der Elbe". Anschließend ging es
getrennt nach Hause, denn bis zur kirchlichen Trauung
sollte der Mann die Frau ja schließlich nicht mehr sehen.
An den Jaguar hatte ich mich schon fast gewöhnt, so gut
gefiel er mir. Dabei hatte ich nicht einmal bemerkt, wie
mein Mann nach Hause gekommen ist. Aber irgendwie hat
auch er es geschafft, denn pünktlich zum Gottesdienst in
der Kirche in Neuenkirchen kamen wir beide schick her-
ausgeputzt an.

Meine Mutter hatte bereits beim Ankleiden des Brautkleides angefangen zu weinen und ihre Tränen mochten auch
bis zum Ende der Hochzeitszeremonie nicht versiegen. Ins-
geheim glaube ich noch heute, dass sie einfach glücklich
war, ihre unverheiratete Tochter mit zwei unehelichen
Kindern endlich in geregelten Verhältnissen zu sehen.

Vielleicht war sie aber auch einfach nur gerührt, denn Ralf hatte sich wirklich selbst übertroffen.

Ich hatte jahrelang Schlagzeug gespielt und bei einer Schulband mitgewirkt. Und meine Eltern hatten tatsächlich die Band von meinem ehemaligen Chorleiter für die Kirche organisiert, der wunderschöne Gospellieder zum Besten gab. Publikum dafür gab es reichlich, die Plätze waren bis auf den letzten besetzt. Das ist natürlich kein Wunder, hatten wir doch über die Zeitung eingeladen. Ich fand das ungemein praktisch, so konnte man wenigstens niemanden versehentlich vergessen und auf diese Weise verärgern. Andererseits hat man so aber auch Gäste auf seiner eigenen Hochzeitsfeier, die man im Leben nicht erwartet hätte - aus welchen Gründen auch immer. Bei zwei oder drei Gästen habe ich wirklich gedacht: "Huch, was wollen die denn hier?"

"Kleider machen Leute"

Als Jan dann mit Hemd und Fliege (und Lina in ihrem rosa Rüschchen-Kleid einfach nur süß aussah) Blumen streute, schluchzte meine Mutter erneut auf. Es war auch wirklich schön anzusehen - ich bin in der Regel ja eher ein bodenständiger Typ, aber auch mir ging das Herz dabei auf.

Die Zeit verging wie im Fluge und plötzlich war ich verheiratet. Ich schaute kurz zu meiner Mutter, die immer noch das Taschentuch an die Nase drückte, und wusste instinktiv, dass alles genau so war, wie es sein sollte.

Als wir die Kirche verließen, stand bereits die freiwillige

Feuerwehr Spalier. Ralf ist hier Mitglied (erwähnte ich schon die zahlreichen Traditionen im Alten Land?), und so ließen es sich seine Kameraden nicht nehmen, für ein wenig Spaß zu sorgen. Mal ganz ehrlich: Tradition hin oder her, mir war einfach nur kalt. Es war immer noch nass und windig - und das Hochwasser stieg unaufhörlich. So überließ ich es Ralf, mit einer stumpfen Säge einen Schlauch durchzusägen. Das darin versteckte Stahlseil erleichterte die Arbeit auch nicht unbedingt.

Ich schielte unterdessen auf die schöne Kutsche, die auf mich wartete. Die Pferde mussten extra beschlagen werden, denn normalerweise ist ja im November keine Saison mehr.

Endlich ging es dann ins Kirschenland, wo wir mit rund 120 Leuten feierten. Und wie es sich gehört, dauerte der Spaß bis früh morgens an. Wie ich immer zu sagen pflege: Wenn schon feiern, dann ordentlich. Am wichtigsten bei einer solch großen Feier ist ja bekanntlich die Stimmung. Und die war hervorragend. Ralf hatte sich um die Musik gekümmert, was erstaunlich gut funktioniert hat. Für reichlich Lacher sorgten die hässlichen Schwestern - gespielt von zwei Brüdern der Wettkampf-Gruppe der Feuerwehr, die im wahren Leben natürlich nicht ganz so unansehnlich sind.

Die traditionelle Strumpfbandversteigerung haben wir natürlich auch nicht ausgelassen. Das Geld haben wir für einen guten Zweck gespendet: Es sollte dem Kindergarten Neuenkirchen zu Gute kommen. Der Freund, der diesen Part der Feier organisiert hat, hatte vorher noch groß getönt, dass er sich mit einem Eimer voller Eiswasser übergießen lassen würde, sollte er nicht den gewünschten Betrag für die Strumpfbandversteigerung erzielen. Was soll ich sagen? Es wurde mehr Geld für den Eimer samt Inhalt als für die Versteigerung gesammelt - und er musste da hinterher durch.

Nachdem es spät in der Nacht dann noch ein Mitternachtsbuffett gab, neigte sich die Feier dem Ende zu. Was ich nicht ahnte: Die gefühlten 1.000 Nadeln in meiner Hochsteckfrisur haben mich vor dem Zubettgehen fast an den Rand des Wahnsinns gebracht. Ehrlich: Dagegen ist das Kinderbekommen beinahe ein Klacks. Mein frisch angetrauter Ehemann hat die restlichen Stunden übrigens selig schlafend verbracht - ebenso wie ich.

Am nächsten Morgen haben wir uns dann zum Frühstükken noch einmal mit dem engsten Kreis der Familie und Freunden im Kirschenland getroffen. Praktischerweise hatten Ralf und ich unsere Hochzeitsnacht bereits hier verbracht - netterweise ohne Kinder. Die Hochzeit war wirklich eine Märchenhochzeit, wie sie sich kleine Mädchen gerne einmal vorstellen. Und dafür bin ich Ralf sehr dankbar, denn die Feier wird für immer unvergesslich bleiben.

So, nun aber genug der rührenden Momente. Meine Mutter hat bei der Hochzeitszeitung mitgewirkt, wovor ich definitiv etwas Angst hatte. Aber die peinlichen Kinderfotos hielten sich in Grenzen, so schlimm war es dann doch nicht. Nicht unerwähnt bleiben sollte an dieser Stelle allerdings noch das eine besondere Hochzeitsgeschenk. Es kam - man kann vielleicht schon erahnen - von den Scherzkeksen der freiwilligen Feuerwehr. Das gesammelte Geld hatten sie in einem Feuerwehrschlauch versteckt - zusammen mit Kronkorken, Tapetenkleister und Sägespänen. Die "Verpackung" war so fies, dass die Idee hätte von mir stammen können. So blieb uns also nichts anderes übrig als den Hof meiner Eltern zu nutzen und den Schlauch in Einzelteile zu zerlegen. Was soll ich sagen? Sehr zum Gelächter der umstehenden Zuschauer haben wir den Inhalt durchwühlt und mühselig unser Geldgeschenk zusammengesammelt. Hinterher durften wir dann auch noch putzen. Und wer möchte, kann noch heute nach den letzten zwei Euro suchen. Die sind nämlich unauffindbar geblieben. Neben den zahlreichen Geldgeschenken zur Hochzeit (wir sagen dazu auch Flachgeschenke), gab es auch noch eines von meinem Mann. Tatsächlich hatte er sich auch hier wieder etwas einfallen lassen, was ich ihm ehrlich gesagt gar nicht zugetraut hätte. Er überraschte mich mit einer Wochenendkreuzfahrt nach Oslo. Sogar die Kinder hatte er "wegorganisiert". Auch wenn ich nicht solch ein großer Kulturfan bin, muss ich doch sagen: Die Reise war wirklich schön. Naja, vielleicht lag es auch an der kleinen Tatsache, dass wir tatsächlich ohne Kinder fuhren. So oft kommt das ja nicht vor. Und die Cocktails an Board waren natürlich auch nicht schlecht.

Tim

Auch nach Linas Geburt erfreute ich mich an der unglaublichen Logik der Dorfbewohner. Als ich noch nicht wieder arbeitete, wurde ich ständig gefragt, wann es denn endlich wieder losgehen würde. Als es dann jedoch soweit war, wollte man ernsthaft von mir wissen, warum ich denn arbeiten gehen würde. Eine Mutter sollte ihr Kind doch am besten selbst betreuen. Den größten Spaß an Diskussionen dieser Art hatte ich, wenn tatsächlich beide Aussagen von ein und derselben Person stammten. Und das kam häufiger vor, als man glauben möchte.

Es vergingen gerade einmal neun Monate, bis ich wieder schwanger war. Frau tut eben, was sie kann. Im Nachhinein muss ich sagen: Es hätte auch noch schneller gehen können. Meinem Mann teilte ich es wie folgt mit: "Ich bin schwanger, nur, dass du Bescheid weißt." Auch wenn ich es nicht beschwören kann, so schien es mir doch, als hätte er sich längst mit seinem Schicksal abgefunden.

Die Schwangerschaft verlief ebenso problemlos wie die ersten beiden - wenn man einmal von dem Umstand absah, dass sich mein Gewicht innerhalb kürzester Zeit im dreistelligen Bereich befand. Ich musste schon in der achten Schwangerschaftswoche Umstandshosen tragen. Ansonsten waren die neun Monate aber ohne nennenswerte Vorkommnisse, alles verlief gewohnt ruhig - man könnte beinahe schon sagen: langweilig. Und dann kam wieder das jährliche Schützenfest. Auch wenn ich sonst keine Hobbys habe, liegt mir der Schützenverein doch sehr am Herzen.

Meinem kleinen Bauchbewohner hatte ich klipp und klar mitgeteilt, dass er kommen könnte, wann er wollte. Nur während des Schützenfestes nicht. Und was war passiert? Natürlich bekam ich genau dann die Wehen. Morgens saß ich noch beim Königinnen-Frühstück und unterhielt mich angeregt. Für den Nachmittag hatte ich einen Besuch mit den Kindern auf dem Festplatz geplant. Sie lieben die bunte Jahrmarktsatmosphäre genauso wie ich.

Aber daraus wurde dann nichts mehr, was ich Tim übrigens bis heute nicht ganz verziehen habe. Aber was hinein gekommen ist, muss ja bekanntlich auch wieder heraus. Und so habe ich die Kinder zu meiner Mutter gebracht und bin in Ruhe mit meinem Mann nach Buxtehude ins Krankenhaus gefahren. Dieses Mal konnte man es wirklich als gemütlich bezeichnen. Ralf durfte seine BILD zu Ende lesen, während ich regelmäßig meine Wehen veratmete. Allerdings lag ich genau gegenüber der Wanduhr, was mich dann doch irgendwann nervte. Die Wehen waren bereits seit mehreren Stunden regelmäßig, und ich wurde langsam ungeduldig. Gegen 18 Uhr erklärte mir die Hebamme dann, dass sie in einer halben Stunde die Fruchtblase öffnen würde, damit die Geburt voranschritt. Wie bereits erwähnt, hatte ich die Uhr genau im Blick.

Als die Hebamme dann um 18.30 Uhr noch keine Ambitionen zeigte, sagte ich ihr: "Sie haben gesagt, dass Sie um 18.30 Uhr die Fruchtblase öffnen und jetzt ist es 18.30 Uhr. Ich bitte Sie darum, es jetzt zu tun, damit wir um 19.00 Uhr endlich hier fertig sind." Und tatsächlich hat es funktioniert. Eine Geburt ist zwar das schönste Geschenk der Welt, aber ewig dauern muss es ja auch nicht unbedingt.

"Kein Ei gleicht dem anderen? Stimmt gar nicht..."

Tim erblickte also am 10. August 2008 das Licht der Welt. Auch er wies alle Ähnlichkeit mit bereits vorhandenen Familienmitgliedern auf. Ralf nickte zufrieden und genoss das Babypinkeln zu Hause in vollen Zügen. Ich wiederum ließ mich fünf Tage im Krankenhaus verwöhnen - so viel Zeit mit nur einem Kind hat man als dreifache Mutter ja sonst nicht. So waren wir beide glücklich und starteten kurze Zeit später unser turbulentes Familienleben mit fünf Personen.
Da das Stillen bei den anderen beiden schon nicht geklappt hat, verzichtete ich dieses Mal gleich darauf. Das allerdings rief wieder einige Befürworter der natürlichen Ernährungsmethode auf den Plan. Malzbier fördert übrigens die Milchproduktion, falls Sie es noch nicht wussten. Ich könnte jetzt noch mehr gutgemeinte Ratschläge aufzählen, aber Sie werden es sich sicherlich schon denken können: Ich habe meine Meinung nicht mehr geändert.
Eine viel größere Herausforderung dagegen war der Alltag mit zwei Kindern, die nicht laufen können. Lina war einfach noch nicht soweit - trotz der zahlreichen Termine beim Physiotherapeuten und Tim ein Baby. Und da Lina nun einmal keine zarte Elfe, sondern eher das Gegenteil davon war, war es nicht immer leicht. Allein Jan aus dem Kindergarten abzuholen, war gelinde gesagt eine schweißtreibende Angelegenheit. Meine "Pummel-Lummel" und

den Baby-Safe zu tragen, war mein ganz persönliches Fitnessprogramm. Ich würde sogar wetten, dass ich zu der Zeit mehr trainierte Armmuskeln als manch ein Kerl hatte.

Jan wird eingeschult

Die Zeit rennt so schnell, dass man manchmal kaum hinterher kommt. Jan war inzwischen sechs Jahre alt und freute sich wahnsinnig auf seine Einschulung. Wie lange die Euphorie angehalten hat, muss ich Ihnen bestimmt nicht erzählen. Aber wie alle 6-Jährigen, war auch er zu Beginn aufgeregt und freute sich auf den großen Tag. Während seine Paten den Ranzen gekauft haben, musste ich im Kindergarten zum Basteln der Schultüte antreten. Ich bastele ganz gerne, aber nicht, wenn mir alles vorgeschrieben wird. Bei der Motivauswahl blieb mir leider keine Wahl, denn um mein Kind glücklich zu machen, gab es nur eines: Fußball. Schließlich hatte er sich das Motiv schon längst selbst ausgesucht.

Die Mama war also völlig unmotiviert. Um Abhilfe zu schaffen, habe ich vorsorglich Sekt zum Bastelabend mitgebracht. Nach etwa einer Stunde war ich fertig und zufrieden mit meinem Ergebnis. Ganz anders als manch andere Mutter. Die schaffen es am ganzen Abend nicht, das Werk zu vollenden, da es ja unbedingt die schönste Schultüte sein muss. In Perfektion, versteht sich. Ich habe mich lieber dem Sekt gewidmet und die drei Jahre Kindergartenzeit Revue passieren lassen. Immerhin würde ich jetzt ein Jahr Pause haben, da kann man durchaus einmal über die Highlights nachdenken.

Fragt man Jan, so war es sicherlich die jährliche Übernachtung im Kindergarten. Besonders aufregend fand er immer die Schatzsuche, die am Abend vor dem Schlafengehen veranstaltet wurde. Der Schatz bei der letzten Suche war ein Sockenmonster für jedes Kind. Ein ungeliebtes Ding, das von den Müttern liebevoll an einem Abend gebastelt wurde. Wenn die Kinder Glück hatten, waren die Socken sogar frisch gewaschen.

Was soll ich sagen? Trotz des Sektes, den ich auch hier verköstigte, wurde mein Sockenmonster keine Schönheit. Aber ein Monster soll ja auch nicht bei Heidi Klum laufen, sagte ich mir und gab mein fertiges Exemplar bei den Erzieherinnen ab. Nach der Übernachtung kam Jan dann mit "seinem" Sockenmonster nach Hause und kommentierte ihn wie folgt: "Die Nacht im Kindergarten war toll. Aber bei der Schatzsuche gab es ein super-hässliches Sockenmonster. Das kann weg, Mama". Ich habe lieber verschwiegen, wer Schöpfer des unglaublich kreativen Teils war, aber leider wurde die Bastelaktion bei Lina drei Jahre später wiederholt. Bei der Übernachtung hatte ich den Erziehern übrigens angeboten, dass Jan zum Kuscheln anstelle eines banalen Kuscheltieres wahlweise ein oder mehrere Geschwister mitbringen kann. Seltsamerweise wurde mein großzügiger Vorschlag ohne Begründung abgelehnt. Es ist mir auch nicht gelungen, Lina oder Tim zwischen Schlafsack und Schlafanzug zu verstecken.

"The same procedure as every year"

An einem anderen Elternabend wurden die Piktogramme im Kindergarten eingeführt. Dabei handelt es sich um ein "einzelnes Symbol, das eine Information durch vereinfachte grafische Darstellung vermittelt". So erklärt es Wikipedia. Im Kindergarten sollten die Lernkompetenzbereiche der Kinder vereinfacht dargestellt werden. Das Problem war nur, dass Eltern so unterschiedlich sind. Ein Viertel der Anwesenden hat die Neuerungen einfach hingenommen, die Hälfte hat es schlichtweg nicht verstanden und das letzte Viertel hat alle anderen genervt. Denn diese Eltern hatte gefühlte 1000 Fragen. Das ist dann stets solch ein Augenblick, in welchem ich mich frage, wie man früher groß geworden ist - ohne Piktogramme.

Mein absolutes Highligt während Jans Kindergartenzeit war allerdings der Elternabend, bei dem es um das Basteln von Laternen ging. Genauer gesagt darum, dass man in dem besagten Jahr im Kindergarten nichts basteln würde. Wie immer hatte ich, um das Elend zu ertragen, Sekt zum Elternabend mitgebracht und war eigentlich guter Dinge. Doch dann schnitt eine Mutter aus Neuenkirchen das Thema Laterne an. Wie es denn sein könnte, dass die Kinder in diesem Jahr die Laternen für den geplanten Laternenumzug nicht basteln würden.

Ich horchte auf. Da hatten die Erzieher eben erklärt, dass sie aufgrund eines Projektes und dem damit verbundenen Zeitmangel es einfach nicht schaffen würden - und schon musste eine Mutter sich beschweren. Die besagte Mutter redete sich langsam in Rage. Da würde der Kindergarten einen Laternenumzug veranstalten, aber keine Laternen dafür basteln. Und überhaupt, eine zu kaufen, ginge ja nun auch gar nicht.

Je länger ich ihr zuhörte, um so wütender wurde ich. Die

Erzieherinnen hatten durchaus plausibel dargelegt, warum das Laternenbasteln in diesem Jahr leider ausfallen müsste. Kennen Sie das Gefühl, wenn es im Bauch anfängt zu brodeln? Und das Gefühl, wenn man jetzt nicht den Mund aufmacht, könnte es sein, dass Qualm aus den Ohren kommt? Nach einer weiteren Minute mischte ich mich kurzerhand ein.

"Vielleicht können Mütter ja auch einmal etwas selbst machen anstatt Frühstücken zu gehen und sich auf einen Kaffee zu treffen." So, das musste einfach einmal sein, bevor mir der Dampf noch aus den Ohren wieder herauskäme. Doch die Mutter fühlte sich nicht sonderlich angesprochen.

"Warum regst du dich denn so auf? Du bastelst doch auch nichts mit deinen Kindern".

Oha, nun war der Krieg eröffnet. Mein Puls war gefühlt auf 200, denn zum großen Leidwesen der betreffenden Dame, konnte ich etwas vorweisen. Zwei Wochen vorher hatte der Laternenumzug des Sportvereines stattgefunden. Da Groß und Klein direkt bei mir entlang gelaufen sind, habe ich es mir nicht nehmen lassen, exakt 25 Laternen selbst zu basteln. Aber um noch eines darauf zu setzen, sagte ich der Mutter noch: "Und wenn du mal aufhören würdest, ständig über alle zu lästern und stattdessen die Augen aufmachen würdest, hättest du meine Dekoration während des Umzuges bestimmt wahrgenommen". Nun folgte das Schweigen im Walde. Ich kann mich nicht erinnern, dass die Frau sich je wieder auf einem Elternabend echauffiert hat. Aber ich kann mich bis heute darüber aufregen. Und wie. Selbst jetzt noch. Solche Mütter mochte ich noch nie. Sie gehören zu der Kategorie "Mach dich nicht schmutzig beim Spielen, du hast eine gute Hose an." Ja, was ist denn da kaputt? Der Kindergarten ist doch kein Laufsteg, sondern zum Spielen da. An dieser Stelle würde ich gerne ein Zitat einbringen. Ich kenne zwar den Urheber nicht, finde es aber unglaublich passend: "Ich hätte gerne die Gelassenheit eines Stuhls, denn der muss ja auch mit jedem Arsch zurecht kommen."

Das war übrigens auch der Grund, warum ich mit Jan einmal beim Eltern-Kind-Turnen war - und dann nie wieder. Dort waren einfach zu viele solcher wichtigen Mütter auf einem Haufen.

Als Jan dann seinen Wackel-Zahn-Rausschmiss im Kindergarten hatte, war ich froh, gewisse Mütter nicht mehr so häufig sehen zu müssen. Aber nicht nur deshalb war der Wackel-Zahn-Rausschmiss etwas Besonderes. Er symbolisierte auch einen neuen Lebensabschnitt für Jan. Natürlich geht die Welt davon nicht unter und warum einige Mütter dabei Rotz und Wasser heulten, ist mir bis heute unverständlich. Hätte ich übrigens gewusst, was in der Schule noch alles auf uns zukommen sollte, hätte ich das Kind einfach stumpf im Kindergarten gelassen.

Nun hatte ich also tatsächlich ein Jahr Kindergartenpause vor mir. Das kann man sich bei so vielen Kindern gar nicht vorstellen. Ich habe vor allem den Kaffee vermisst, denn auch hier kannte man meine Leidenschaft (ja, okay, Sucht) schon. Tim schlief als Baby meistens und Lina beschäftigte sich wunderbar selbst. Mir war tatsächlich beinahe langweilig. Und geschafft habe ich natürlich kaum etwas. Schließlich konnte man sich ja immer sagen: "Morgen ist auch noch ein Tag". Kann man eigentlich einen Burnout vor lauter Langeweile bekommen? Ich war nahe daran, aber es gab ja auch noch die zahlreichen Arzt- und Krankengymnastik-Termine. Tim hatte so viele Blockaden, dass er sich zu einem richtigen Grölkopf entwickelte. Hätte ich geahnt, was für Arschgebrechen er später noch bekommen sollte, hätte ich die Zeit wirklich mehr genossen.

Ich war vielleicht durch meine eigene Schulzeit geprägt, aber als ich Jans Klassenlehrerin zum ersten Mal gesehen habe, war ich ein wenig voreingenommen. Die Frau war vielleicht eine Handbreit größer als eine Kaffeemaschine und auch nicht viel lauter. Sie erinnerte mich irgendwie an eine kleine Maus. Aber dennoch lief die erste Zeit in der Schule gut. Das erste Schuljahr ging erstaunlich schnell zu Ende, doch damit kamen auch die ersten Probleme. Ich sprach die Lehrerin auf die Schwierigkeiten an, die Jan in Deutsch hatte. Sie sagte mir, dass er zwar etwas länger brauche, aber trotzdem ganz gut mithalten kann. Mein Bauchgefühl war da anderer Meinung, aber man vertraut ja den Pädagogen . Die haben ihren Job ja auch nicht bei einer Verlosung gewonnen, sondern durchaus ein Studium absolviert - also glaubte ich ihr. Leider, wie sich noch herausstellen sollte.

Lina kam indessen endlich in den Kindergarten - die hatten Familie Freudenberg-Bätjer wieder und ich meinen Kaffee. So etwas bezeichnet man wohl als eine erfolgreiche Symbiose.

Doch schon bald fiel mir auf, dass es auch Dinge gab, die ich nicht vermisst habe. Hilflose Mütter, die auf dem Kindergarten-Parkplatz weinen und Mütter, die nicht Autofahren können (ja, der Parkplatz ist zu klein, aber das ist trotzdem kein Grund, so furchtbar ein- und auszuparken). Im Laufe des zweiten Schuljahres habe ich Jans Klassenlehrerin noch mehrfach angesprochen und das Gespräch gesucht, aber die Antwort war stets dieselbe. Selbst als ich erzählte, dass Jan mittlerweile eine geschlagene Stunde nur für die Deutschhausaufgaben benötigte, hat sich ihre Meinung nicht geändert. Irgendwann war ich so frustiert, dass ich wirklich unfreundliche Gedanken der Frau gegenüber hegte. Als es hieß, es käme ein neuer Lehrer, schöpfte ich Hoffnung. Aber auch das sollte vergebens sein. Anfang des dritten Schuljahres war es zu Hause beinahe nicht mehr möglich, mit Jan Hausaufgaben zu machen. Es endete regelmäßig in bösen Streitereien.

Doch auch der Lehrer nahm mich nicht Ernst. Ich hatte auf Deutsch gesagt "die Schnauze voll" und meldete mein Kind in einer Fachpraxis für Legasthenie an. Dort wurde er gestestet. Das Ergebnis: Jan leidet unter einer schweren Lese- und Rechtschreibschwäche. Das Gutachten war vier Seiten lang und verdammt teuer. Diese kostbaren Seiten habe ich dann dem Lehrer vorgelegt. Und dort passierte das Unglaubliche. Er erklärte mir allen Ernstes, dass er gar nicht wusste, dass es einen solchen Berufszweig gibt. Ich war auf 380 und ich erzähle Ihnen, liebe Leser, an dieser Stelle lieber nicht, was ich gerne mit ihm gemacht hätte. Er konnte seinem Schöpfer danken, dass mein Mann neben mir saß und mich in meiner Wut gebremst hat.

Als ich dann hörte, dass Jan in der vierten Klasse schon wieder eine neue Klassenlehrerin bekommen sollte, war ich skeptisch. Er hatte doch schon sehr gelitten, aber Dank einer speziellen Therapie hat er gelernt, mit seiner Schwäche umzugehen. Aber alles, was gut ist, kostet auch dementsprechend. Also habe ich bei meiner Lieblingskrankenkasse nachgefragt, ob sie die Kosten übernehmen würden. Möchten Sie raten, wie die Antwort lautete? Natürlich, es war ein klares Nein. Beim Jugendamt war es dann noch interessanter. Als es zunächst hieß, er müsse den Test (immerhin dauert der drei Stunden) wiederholen, war ich noch einverstanden. Dann sollte Jan aber auch noch ein psychologisches Gutachten über sich erstellen lassen. Es sollte deutlich machen, dass er suizidgefährdet ist. Da war bei mir dann Schluss, die Therapie haben wir selbst bezahlt. Aber mal ganz ehrlich: Nicht alle Eltern können sich das wirklich leisten und solche Kinder bleiben dann auf der Strecke. Dabei heißt es doch immer, Deutschland brauche mehr Kinder.

"Ausnahmen bestätigen die Regel"

Als nun Klassenlehrer Nummer drei kam, war ich übrigens positiv überrascht. Die Lehrerin hat nicht nur das Gutachten über die Legasthenie gelesen, sondern auch bewusst das Gespräch mit mir gesucht. Und nicht nur dass: Sie sorgte auch dafür, dass Jan seinen Nachteilsausgleich bekam und stand ständig mit der Therapeutin in Kontakt. Einfach super (Positives möchte ich hier ja auch mal erwähnen). Es gibt sie also wirklich noch - die Lehrer, die sich um ihre Schüler bemühen.

Und das Schönste: Als Jan mit der Grundschule fertig war, kam Lina dorthin. Und Jans ehemalige Klassenlehrerin hat die neue erste Klasse übernommen - perfekt!

Tims Babyzeit

Tim war ein freundliches und entspanntes Baby. Im Alter von vier Wochen hat er bereits durchgeschlafen. Allerdings, so befürchte ich auch heute noch, lag das vor allem an meiner Laune, wenn ich nachts geweckt werde. Vermutlich haben meine Kinder lieber durchgeschlafen, als um diese Uhrzeit die Mama zu ertragen.

Da bei jedem Kind etwas Neues an Problemen aufgetaucht ist, wollte auch Tim keine Ausnahme machen. Mir ist immer aufgefallen, dass er nur schlecht aus der Flasche trinken konnte. Der Besuch beim Kinderarzt war ernüchternd: Sein Zungenbändchen war zu kurz. Es wurde dann im Stader Krankenhaus in einer Operation durchgeschnitten. Die weiteren Diagnosen bei meinem Kind konnte ich bereits vor dem Arztbesuch stellen: Auch Tim litt unter der bereits bekannten Überbeweglichkeit und war muskelhypoton. Als bei ihm auch noch der schiefe Kopf sichtbar wurde, hieß es erneut: Helmtherapie.

Während diese Nachricht im Dorf mittlerweile nicht mehr für Gesprächsstoff sorgte - man kannte das ja schließlich schon - kam das Problem dieses Mal von der anderen Seite. Die Krankenkasse, die bei Lina den Helm noch anstandslos bezahlt hatte, weigerte sich schlichtweg. Sie müssen sich das so vorstellen: Der Helm ist nicht sonderlich schön. Im Gegenteil, er stört, sorgt für ungewollte Blicke und muss sogar nachts getragen werden. Das tut man seinem Kind ja nun wirklich nicht freiwillig an. Da ein solcher Helm aber eine Spezialanfertigung ist, kostet er über 1.000

Euro. Und die wollte sich die Krankenkasse einfach sparen. Kurz gesagt: Sie lehnte die Übernahme der Kosten ab. Natürlich bekam Tim den Helm von uns bezahlt - und die Krankenkasse eine Klage an den Hals. Letztlich hat sie übrigens verloren und musste uns sämtliche Kosten ersetzen, aber darauf komme ich später noch einmal zurück.

Lina bewegte sich nach wie vor krabbelnd durch die Welt. Aber ganz ehrlich: Ich habe noch kein Kind gesehen, dass auf diese Weise seine Einschulung erlebt hat. So bin ich gewohnt entspannt geblieben. Als sie dann endlich laufen konnte, war sie bereits zwei Jahre alt. Doch als ich glaubte, nun würde alles leichter werden, bekam die kleine Maus eine Lungenentzündung. So begaben wir uns erneut ins Stader Krankenhaus, wo wir zehn Tage verbrachten. Unter anderem habe ich dort auch meinen Geburtstag gefeiert. Es war wirklich nett - und nie wieder so günstig wie in dem Jahr. Wir waren exakt einen Tag wieder zu Hause, als Tim aufgrund des Norovirus ins Krankenhaus musste. Er war so ausgetrocknet, dass alle Maßnahmen zu Hause nichts mehr brachten. Da an einem Tag Abwesenheit nicht so viel passiert, wurde ich belächelt, als ich wieder da war. Ob ich denn solch eine Sehnsucht nach ihnen gehabt hätte, wurde ich gefragt. Man tut eben, was man kann.

Inzwischen hatte auch Kind Nummer drei sein eigenes Zimmer bekommen. Dieses Mal klauten wir meinen Schwiegereltern eines davon, indem wir einen Durchbruch zu ihrem Teil des Hauses machten.

Nun hatte Lina also endlich das Laufen gelernt, was mit einer neuen Diagnose belohnt wurde. Sie hatte sogenannte Krallenfüße, die mit einem Keilabsatz unter den Schuhsohlen behandelt werden. Regelmäßige Besuche beim Orthopäden diesbezüglich gehörten fortan ebenfalls zu unserem Alltag.

"Freud und Leid sind dicht beinander"

Inzwischen hatte ich angefangen, im Familiengeschäft meiner Eltern mitzuarbeiten. Mein Vater führt das Bestattungsunternehmen bereits in zweiter Generation und so stand es für mich nie außer Frage, eines Tages einzusteigen. Zuvor wurden uns allerdings Steine in den Weg gelegt. Als ich meinen Schulabschluss machte, gab es den Ausbildungsberuf des Bestatters noch nicht. Heute ist das zum Glück anders, aber als ich damals mit meinen 15 Jahren nicht für ein halbes Jahr in den Osten wollte (Vorschlag des Arbeitsamtes), erlernte ich stattdessen den Beruf der Hotelfachfrau.

Als Tim ein halbes Jahr alt war, fing ich an, regelmäßig bei meinen Eltern mitzuarbeiten. Natürlich passte das nicht in das Bild manch einer Kindergartenmutter, aber das war ja nicht anders zu erwarten. Leben und Tod liegen nun einmal nahe zusammen - und die Farbe schwarz macht ja auch durchaus schlank. Aber ganz im Ernst: Was mich bewegt, ist die Möglichkeit, Menschen in ihrer Trauer zu begleiten. Der Abschied eines geliebten Menschen sollte stets liebevoll gestaltet werden. Das gibt den Hinterbliebenen oftmals Kraft, um weiterzumachen. Ein einfaches "Danke, dass Sie da waren" ist meine Motivation für diese Arbeit.

Auch wenn der Tod immer präsent ist, muss ich zugeben, dass ich bei manchen Todesfällen selbst ganz arg schlukken muss.

Tim war gerade neun Monate alt, als ich erneut ein kurzes, aber bedeutungsvolles Gespräch mit Ralf führte. "Schatz, ich bin wieder schwanger". Da er dieses Mal ein wenig schockiert wirkte, fügte ich vorsichtshalber noch hinzu: "So ist das". Dieses Mal brauchte mein Mann einen Augenblick länger, um das freudige Ereignis zu verdauen. Aber dann freute er sich auch auf das vierte Kind.

Zur Abwechslung verlief die Schwangerschaft dieses Mal nicht langweilig. Vorzeitige Wehen brachten mich kurzfristig ins Krankenhaus. Anschließend hatte ich strenge Bettruhe - das war nun wirklich völlig ungewohnt. Aus meinem näheren Umkreis musste ich mir sogar anhören, dass ich ja selbst Schuld sei. Der Körper sei ja nicht dafür gemacht worden, so viele Kinder zu gebären.

Ohne hier jemanden zu nahe treten zu wollen, aber im Mittelalter waren Großfamilien normal und in Afrika ist die Durchschnittsfamilie heute noch kinderreich. Aber so ist das nun einmal bei uns: Wer mehr als drei Kinder hat, wird in eine bestimmte Schublade gesteckt. Vorurteile und Sprüche über das Sexleben der Eltern gehören gelegentlich dazu. Zum Glück ist man bei uns im Dorf weitestgehend wohlerzogen, und so fühlen wir uns hier wirklich sehr wohl.

Aber zurück zur Schwangerschaft: Ich durfte nichts machen, und so brauchten wir dringend Unterstützung. Und tatsächlich überraschte mich Ralf ein zweites Mal in meinem Leben. In solchen Fällen stellt die Krankenkasse für gewöhnlich eine Haushaltshilfe. Zumindest theoretisch. Sie zahlt nämlich so wenig, dass man im Grunde niemanden dafür findet. Die Vertragspartner sitzen irgendwo mitten in Hamburg und können niemanden auf das Land hinausschicken, der dann hier noch einen Acht-Stunden-Arbeitstag vor sich hat. Ralf wuchs jedoch über sich hinaus und organisierte eine Dame des Landfrauenvereins. Die Mitarbeiterinnen sind zwar recht teuer, aber Ralf hat beim Telefongespräch mit unserer Krankenkasse wohl einen bleibenden Eindruck hinterlassen. Als ich aus dem Krankenhaus entlassen wurde, wartete tatsächlich ein sauberer Haushalt auf mich. Die Wäsche wurde gewaschen, die Zimmer gereinigt und die Kinder betreut. Mir war schon beinahe langweilig.

Das Geschlecht des Babys war dieses Mal übrigens kein Geheimnis. Mein Frauenarzt war in Rente gegangen und die Neue schickte mich sogar zum 3-D-Ultraschall. Es sollte wieder ein Mädchen werden.

Die restliche Schwangerschaft verlief ohne weiteren Komplikationen. Ich nahm in gewohnter Weise massenhaft zu, der Haushalt lief und so stand im Mai 2010 die Geburt bevor. Ralf konnte seine BILD dieses Mal in Ruhe zu Ende lesen. Die Hebamme fragte mich nur, was ich noch bräuchte. Viel war es nicht, aber meinen Kaffee bestellte ich mir schon während der letzte Presswehe. Als Hanna dann am 16. Mai das Licht der Welt erblickte, stand bereits eine dampfende Tasse des unverzichtbaren Gebräus neben mir. Das machte allerdings die Hebamme ein wenig nervös. Sie hatte selbst noch keine Kinder und fand den Anblick einer frisch gebackenen Mutter im Kreißsaal mit Baby in der einen und heißem Kaffee in der anderen Hand etwas befremdlich. Aber mal ehrlich: Beim vierten Kind weiß Frau nun wirklich, was sie tut. Die Hebamme war dann allerdings nicht überzeugt, sodass ich sie kurz, aber freundlich in die Schranken weisen wusste.

Damit Ralf und ich ins Krankenhaus fahren konnten, musste meine Mutter übrigens wieder bei uns zu Hause einhüten. Sie war nicht so begeistert davon, dass es noch mitten in der Nacht war, aber daraus kann ich ihr keinen Vorwurf machen. Wie die Mutter so die Tochter! Keine von uns beiden steht gerne zu einer unchristlichen Zeit auf. Tatsächlich bin ich ihr vor allem deshalb sehr dankbar, denn so wusste ich bei jeder Geburt meine Kinder gut betreut.

Die fünf Tage Erholungsurlaub habe ich mir nach Hannas Geburt auch wieder gegönnt. Dank der Haushaltshilfe wurde ich am Entlassungstag zum ersten Mal in meinem Leben nach der Geburt eines Kindes überrascht. An der Tür hing ein "Herzlich willkommen"-Plakat mit bunten Luftballons. Und sauber war auch noch alles. Schade, dass die Zeit an dieser Stelle endete. Sie hatte mir wirklich gut gefallen.

"Das nützlichste Geschenk aller Zeiten?"

Geschenke zur Geburt gab es stets, manche waren schön, andere praktisch. Aber nach Hannas Geburt habe ich von einer mir sehr nahestehenden Person ein sehr ungewöhnliches Geschenk bekommen: eine Spirale. Wenn man bedenkt, wie teuer diese Art der Verhütung ist, fand ich das sehr großzügig. Der Urheber des Geschenkes hat vermutlich aber eher die Wirkungsdauer im Auge gehabt. Die Spirale verhütet immerhin fünf Jahre lang zuverlässig.

Auch mit Hanna lief es die erste Zeit sehr gut. Dann kam wieder die unumgängliche Familiendiagnose: "Ihr Kind ist muskelhypoton und überbeweglich". Nein, Sie brauchen nicht zu raten, liebe Leser. Auch Hanna bekam zwei Jahre lang Physiotherapie. An dieser Stelle sollte ich vielleicht einmal erwähnen, dass ich meine Vorgehensweise bereits geändert hatte. Schon in der Schwangerschaft mit Hanna hatte ich mich zwei Monate vor der Geburt bei der Physiotherapiepraxis in Jork angemeldet. Auch bei ihr war mir klar, worauf es hinauslaufen würde. Die Termine für sie habe ich ebenfalls schon lange vor der Geburt vereinbart. Und dass ich morgens einen heißen und möglichst starken Kaffee benötige, wussten inzwischen auch alle. Der stand dann schon bereit, sobald ich mit meinem Kind in der Praxis eintraf. Zu Hochzeiten kam es auch schon vor, dass zwei Kinder einen Termin direkt hintereinander hatten - das war wirklich ungemein praktisch.

Damit Hanna ein eigenes Zimmer haben würde, wurde das von Tim mit einer Wand geteilt. So hatte nun jedes der vier Kinder ein eigenes Zimmer, worauf ich wirklich stolz bin. Nach wenigen Monaten war klar, dass auch Hanna eine Kopforthese benötigen würde. Das Problem war allerdings, dass noch immer die Klage wegen der Kostenübernahme für Tims Helm lief. Doch dann geschah das Unfassbare: Man bewilligte den Helm für Hanna gleich nach der Antragstellung. Ich war ein wenig verwirrt, hatte es bei Tim doch solche Probleme gegeben. Auch der Krankenkasse fiel wohl auf, wie unlogisch ihr Handeln war. So bekam ich ein Schreiben, in welchem man mir zusicherte, auch für Tim alle Kosten zu übernehmen. Es wäre ja schließlich nicht erklärbar, für zwei Kinder den Helm zu bewilligen, für das dritte aber nicht. Eigentlich fand ich es schade, dass der Rechtsstreit nun vorüber war. Es hat mir immer so viel Spaß gebracht, mich aufzuregen. Da konnte man einfach alles loswerden, was sich im Alltag angestaut hatte.

Hanna war gerade einmal vier Wochen alt, als unser Alltag gehörig ins Trubeln geriet. Tim hatte einen schweren Unfall. Der kleine Mann war aus großer Höhe gestürzt und wurde mit Krankenwagen und Notärztin ins Stader Krankenhaus gebracht. Tim war bewusstlos, aber ich wollte mir noch keine Sorgen machen, solange ich nicht genau wusste, was los war. Doch die Diagnose im Stader Krankenhaus war niederschmetternd: Zwei Schädelbasisbrüche und der erste Halswirbel war gebrochen.

Das war der Augenblick, in dem ich zusammenbrach. Was ein gebrochener Halswirbel für das Leben eines Menschen bedeutet, war mir sofort klar. Ich brach in Tränen aus. Die Schwestern waren wirklich nett und aufmerksam. Sie gaben mir einen Kaffee in die Hand, den ich mit nach draußen vor die Tür nahm. Dort rauchte ich in drei Minuten gefühlte 25 Zigaretten, bevor ich mich wieder ganz meinem Kind widmete. Nach den längsten Stunden meines Lebens, stand dann die endgültige Diagnose fest. Tim hatte neben

den beiden Schädelbasisbrüchen eine schwere Gehirnerschütterung, aber der Halswirbel war nicht gebrochen. Ich
war so unglaublich erleichtert, hatte ich in den letzten Stunden doch wirklich Angst gehabt, mein Kind nicht wieder
lebend mit nach Hause zu nehmen. Weitere Untersuchungen ergaben, dass er nichts zurückbehalten und wieder
ganz gesund werden würde. Tim musste noch zwei
Wochen im Krankenhaus bleiben. Weitere sechs Wochen
durfte er sich nicht den Kopf stoßen. Was so einfach klingt,
ist bei einem Kind wie Tim wirklich eine Herausforderung.
Man kann ihn mit exakt drei Worten beschreiben: höher,
schneller, weiter. Damit nichts mehr passieren kann, ließ
ich ihn in den sechs Wochen beim Spielen kurzerhand seinen Fahrradhelm tragen.

Auch in diesen schweren Tagen standen meine Eltern mir
bei. Sie waren immer für uns da, haben jeden Krankenhaus-
aufenthalt mitgemacht und mir Arbeit und Kinder abge-
nommen, wo es nur ging. Dafür bin ich ihnen wirklich sehr
dankbar.

Aber auch ein schönes Ereignis sollte noch folgen. Wie die
anderen Kinder, ließen wir auch Hanna taufen. Dieses Mal
feierten wir jedoch zu Hause. Wir räumten die gesamte
Stube aus und deckten hier für die Gäste ein. Als gelernte
Hotelfachfrau musste sich meine Dekoration auch wirklich
nicht verstecken.

Auch Hanna beglückte uns indessen mit einer neuen Diagnose. Schon kurz nach der Geburt hatte man bei ihr Sichel-
füße festgestellt. Sie musste für die nächsten Monate spe-
zielle Schuhe und eine Spreizhose für die Hüfte tragen, die

ihr im Grunde jegliche Bewegungsfreiheit nahm. So wunderte es mich auch nicht, dass sie mit einem Jahr noch immer nur auf dem Rücken liegen konnte. Aber auch das muss man ja schließlich ausprobiert haben, obwohl ich mit den Kindern bereits jetzt schon mehr Arzttermine hatte als ich in meinem ganzen Leben.

Lina ging ebenfalls in den Kindergarten, was anfangs sehr gut lief. Doch dann kam eine der Erzieherinnen auf mich zu und erklärte mir, dass Lina womöglich eine Rot-Grün-Schwäche habe. Sie könnte in diesem Bereich nichts unterscheiden. Als verantwortungsbewusste Mutter habe ich natürlich gleich einen Termin beim Augenarzt gemacht - es wäre ja auch langweilig, hätten wir einmal einen ganzen Monat ohne jegliche Termine dieser Art. Doch der stellte nur eines fest: dass Lina ganz einfach etwas langsamer als ihre Kindergartenfreunde war. Gucken konnte sie einwandfrei, nur die Farben hatte sie noch nicht gelernt.

Und damit es mir auch gar nicht erst langweilig werden konnte, hatte Tim prompt das nächste Unglück angezogen. Während ich Hanna auf dem Schoß fütterte, kletterte der kleine Held auf den Hochstuhl. Ich sprach gerade die Worte "Tim, setz dich hin, sonst fällst du noch herunter" als es passierte. Er fiel und weil er ja keine halben Sachen macht, hatte er auch sogleich eine Gehirnerschütterung. Und wieder hieß es: Krankenhaus, wir kommen. Dieses Mal dauerte der Aufenthalt eine Woche.

Aber um es an dieser Stelle einmal zu betonen: Kinderkrankheiten gibt es bei uns überhaupt nicht. Mit so etwas Profanem geben sich meine Kinder erst gar nicht ab. Sie sind durchaus einfallsreicher. Nehmen wir beispielsweise Lina. Sie ist aus ihrem Bett getrudelt - und ich vermerke an dieser Stelle, dass wir von Beginn an vorsichtshalber auf jegliche Hochbetten verzichtet haben - quasi in Zeitlupentempo, und hat sich dabei tatsächlich einen Bruch des Schlüsselbeines zugezogen. Sie musste dann zwei Wochen lang eine Armschlinge tragen, was mir aber im Vergleich zu Tims Unfällen relativ unspektakulär erschien. Lediglich die junge Dame hatte arge Probleme damit. Trägt man wie sie nichts anderes als Kleider, ist so eine Armschlinge doch recht hinderlich.

Mit inzwischen vier Kindern wurde man übrigens auch seltsam angeschaut. "Sind die alle von einem Mann"? Wie häufig wurde mir diese Frage gestellt. Ich muss zu meiner Entschuldigung sagen, dass ich tatsächlich noch immer mit demselben Mann verheiratet bin und unsere Ehe Bestand zu haben scheint.

"Ziemlich beste Freunde"

Besonders interessant wird es auch, wenn man mit anderen Eltern kommunizieren muss. Ich meine dabei nicht den Plausch auf dem Kindergartenparkplatz (darin bin ich nämlich sehr gut), sondern ein ernsthaftes Gespräch. Manche Eltern sind nämlich der Meinung, man müsste eine Nachbesprechung machen, wenn sich die Kinder untereinander mal streiten. Dabei ist ein Streit meistens ebenso schnell vergessen wie er gekommen ist. Dann streiten sich also noch Mütter über bestimmte Themen während die

Kinder wieder längst beste Freunde sind - so ein Unsinn. Zum Glück sind die Väter entspannter. Getreu dem Motto "Pack schlägt sich, Pack verträgt sich", wird solchen kleinen Streitereien nicht viel Beachtung geschenkt. Ich erinnere mich noch genau wie meine Mutter das in meiner Kindheit geregelt hat. Beschwerte sich eine Mutter darüber, dass ich ihr Kind geschlagen hatte, antwortete sie nur: "Na, dann hatte sie wohl auch einen Grund dafür." Aber ich brauchte mich auch noch nie bei ihr über andere Kinder beschweren. Diesen Weg gehe ich bis heute. Ich bin der Meinung, dass unser Nachwuchs gewisse Erfahrungen selbst machen muss. Das Leben ist nun einmal kein Kindergarten (Durchsetzungsvermögen ist ja durchaus gefragt) und jeder muss seinen Platz finden, auch wenn das nicht immer leicht ist. Am schlimmsten finde ich dabei die Glukken-Mütter. Sie kontrollieren ihr Kind, bemuttern es und haben ganz arge Probleme mit dem Loslassen. Solche Frauen verursachen bei mir meistens eine mittlere Krise. Sie mischen sich in jeden Streit ein und wundern sich, dass ihre Kinder spätestens in der Schule die sind, die gemobbt werden. Und wenn wir mal ehrlich sind, dass sind es genau solche Kinder, die früher von uns schon Prügel bezogen haben.

Hanna kam mit drei Jahren in den Kindergarten, genauer gesagt in die Krippengruppe. Sie war in ihrer Entwicklung langsamer als andere Kinder - sie hatte zu dem Zeitpunkt einfach noch nicht alles verstanden. Uns war als Eltern klar: In der Elementargruppe wäre sie einfach schlechter aufgehoben. Und tatsächlich war es genau die richtige Entscheidung. Hanna geht bis heute gerne hin und hat schon vieles aufgeholt. Außerdem bekam sie zu Hause noch Frühförderung. Auch die war wieder mit Aufwand verbunden. Um so etwas zu bekommen, muss man zunächst beim Gesundheitsamt vorstellig werden. Nach einigen Tests wurde unser Antrag allerdings genehmigt und die kleine Maus bekam einmal in der Woche Besuch von einer sehr netten Dame. Und was sie bei dieser nicht alles durfte! Einen Spiegel mit Creme bemalen zum Beispiel. Und mit Creme kleine Kunstwerke kreieren. Hanna genießt diese Extrazeit nur für sich sehr und hat wirklich schon sehr gute Fortschritte gemacht. Und eines ist klar: Bei Mama hätten solche Materialen wohl kaum Anklang gefunden. Als mir dann allerdings noch nahe gelegt wurde, Hanna auch noch zur Logopädie zu schicken, musste ich mal kurz innehalten. Meine Woche hat keine acht Tage und irgendwann sollte man ja auch mal arbeiten. Man muss ja nicht jeden Trend mitmachen, nicht wahr? Darauf haben wir also einfach verzichtet.

"30 über Nacht"

Wie es sich für einen 30. Geburtstag gehört, fiel meiner auf einen Sonntag. Natürlich ließ es sich meine Familie nicht nehmen, diese neue Zahlenkombination zusammen mit mir zu feiern. Die große Party fand allerdings ein wenig später statt. Meine beste Freundin hat im September Geburtstag und musste sich in dem Jahr erstmals an eine vier in der Altersangabe gewöhnen. Außerdem dauerte unsere Freundschaft bereits 20 Jahre an - ein weiterer Grund für das gemeinsame Anstoßen. Und das macht man am besten mit netten Freunden, gutem Essen und reichlich Alkohol.

So wurde also eine Mega-Party im Dorfgemeinschaftshaus Neuenkirchen auf die Beine gestellt. Es gab ein Grill-Buffett vom Kirschenland und eine hervorragende DJane. Diese hat nicht nur wirklich gute Musik gespielt (die Tanzfläche war Nonstop mit mehr oder minder begabten Tänzern und Tänzerinnen gefüllt), sondern agierte auch als Fotografin. Ein digitaler Bilderrahmen präsentierte noch während der Feier die zahlreichen Schnappschüsse. Da konnte man sich noch gleich vor Ort darüber ärgern, wie unglücklich man auf so manchem Foto erwischt wurde. Aber mit fortschreitender Stunde bei gleichbleibender alkoholischer Rundum-Versorgung sorgten die Bilder höchstens noch für Erheiterung.

Die Feier war rundum gelungen. Ich vermisste allerdings einen Stripper. Meine sämtlichen Andeutungen in diese Richtung waren schlichtweg vergebens, mein Wunsch wurde einfach nicht erfüllt. Stattdessen gab es (wie im Alten Land üblich) zahlreiche Geldgeschenke, von denen ich mir lauter nette Sachen kaufen konnte. Nur die Pappenheimer von der Freiwilligen Feuerwehr haben das natürlich nicht hinbekommen. Die können einfach keine vernünftigen "Flachgeschenke" abgeben.

Stattdessen hatte sich wieder einmal jemand Gedanken gemacht, wie man mir das Auspacken eines Geldgeschenkes erschweren könnte. Das Ergebnis kam in Form einer großen USB-Platte. Und wenn ich groß schreibe, meine ich eine Platte, die noch größer als eine Haustür ist. Und mindestens genauso schwer. Darauf hat man diverse Geldscheine gelegt, die dann mit einer Folie abgedeckt worden sind. Und zwar zum Schutz, denn darüber klebten gefühlte 95 Schichten Tapete. Aber ich muss ja gestehen: Es wäre schlimm gewesen, hätte sich die Feuerwehr nichts einfallen lassen. Zugegebenermaßen gehöre ich ja zu denen, die grundsätzlich die schlimmsten Ideen haben, wenn es um eine kreative Geschenkverpackung geht.

So gab es beispielsweise mal einen runden Geburtstag, bei dem das (männliche) Geburtstagskind ein Bierfass von uns bekommen hat. Das finden Sie nicht schlimm? Nun ja, es wurde von unten aufgeflext und mit Geldstücken befüllt. Dann aber hat man es oben wie unten zugeschweißt, sodass der Beschenkte ohne eine Flex nicht an den Inhalt heran kam. Ich muss dazu sagen, dass ich eigentlich kein aktives Mitglied und trotzdem immer dabei bin. Ich wollte zwar gerne, aber Ralf ist der strikten Meinung, dass Frauen da nichts zu suchen haben - zumindest nicht seine. Nun bin ich also die klassische Kuchenbäckerin und Schnittchen-schmiererin. Ach ja, und hinter dem Tresen bin ich auch gerne gesehen. Aber dabei zu sein, reicht meistens auch schon. Die Wettkampftruppe, die übrigens tatsächlich erfolgreich ist und zahlreiche gute Platzierungen aufweist (an dieser Stelle sollte man erwähnen, dass sie von einer Frau geleitet wird) ist einfach für jeden Spaß zu haben. Bei einer Hochzeit haben die Männer einen Bauchtanz einstudiert, der die Gäste (selbst die älteren) regelrecht zum Grölen gebracht hat. Dabei wird alles stets gut durchdacht, genauestens geplant und an vielen (sehr geselligen) Abenden geprobt. Bei dem Hochzeitspaar hatten wir übrigens eine Geschenkidee von mir umgesetzt: Die Geldscheine wurden in gelbe Strohhalme gesteckt und dann in Strohballen versteckt. Ich wollte ja eigentlich eine Wagenladung voll Stroh nehmen, aber da wurde ich doch glatt überstimmt.

Überhaupt würde mir jemand fehlen, wenn ich nicht ständig bei Feuerwehraktivitäten dabei wäre. Rolf (ein aktives und geschätztes Mitglied) und ich mögen uns, sind aber nie nett zueinander. Mittlerweile ist es eine regelrechte Tradition, dass wir uns gegenseitig foppen. Wir pieken uns bei geselligen Anlässen in einer Tour, was vor allem denjenigen, der das letzte Wort hat, besonders viel Spaß bringt. Ich erinnere mich noch gut an den Ausflug in einen Hochseilgarten. Da ich ja nicht unbedingt zu den sportlichsten Menschen dieser Welt gehöre, liefen bereits Wetten, dass ich es nicht einmal zum ersten Posten schaffen würde. Tatsächlich war ich zur Überraschung aller diejenige, die es strekkentechnisch am zweitweitesten geschafft - leider war Rolf auf dem ersten Platz.

Rolfs Sprüche sind mitunter wirklich äußerst lustig und manchmal fällt mir (obwohl ich ja nun wirklich selten sprachlos bin) tatsächlich nicht sofort eine gute Erwiderung ein. Da war beispielsweise eine Hochzeit, bei der ich ein wirklich schweineteures Kleid getragen und vorher drei Stunden beim Friseur verbracht habe. Also habe ich Rolf mit den Worten begrüßt: "Du hast mir heute noch gar nicht gesagt, wie gut ich aussehe." Darauf seine Antwort: "Nicht? Schön, dann habe ich ja heute noch gar nicht gelogen". Der Punkt ging eindeutig an ihn, aber wir sind ja auch noch nicht fertig. Auf meiner Hochzeit allerdings hat er tatsächlich zu mir gesagt: "Du siehst heute richtig gut aus". Und das war dieses eine Mal (angeblich!) keine Lüge. Dieser Satz, ausgerechnet von Rolf, begeistert mich bis heute. Solange die Freiwillige Feuerwehr ihren Dienst an der Gemeinschaft ausübt, solange wird auch gefeiert werden. Aber mal ganz ehrlich und Spaß beiseite: Wir können froh sein, dass es sie gibt und dass sich auch in der heutigen Zeit so viele Menschen bereit erklären, ehrenamtlich so etwas zu leisten.

Linas Einschulung

Lina freute sich (wie wohl alle Kinder) wahnsinnig auf die erste Klasse. Auch ihre Paten waren so nett, den Schulranzen zu besorgen. Das war wohl auch ganz gut so, da Lina von mir bestimmt nicht ein Exemplar mit dermaßen viel rosa bekommen hätte. Und dazu noch mit einem Pegasus-Pferd. Das einzige Problem: Für das Basteln der Schultüte war ich zuständig - und dieses fliegende Ungetüm in rosa durfte natürlich nicht fehlen. Aber solch ein dusseliges Einhorn machte die Sache nicht unbedingt leichter. Die Lösung: Ich druckte es auf dem PC aus und klebte es kurzerhand auf die (ebenfalls in rosa gehaltene) Schultüte.

Meine Mutter wollte währenddessen mit Lina die Schulbücher kaufen gehen. Doch diese erklärte dann unterwegs überzeugend: "Weißt du Oma, Schulbücher brauche ich nicht. In der Schule gibt es ja schon genug davon. Aber ein neues Kleid, das brauche ich unbedingt."

So kam Lina also mit einem Kleid nach Hause - und (Gott sei es gedankt) war es nicht rosa, sondern schwarz-weiß-kariert. Dazu gab es schwarze Glitzerschuhe, die mit Linas erwartungsfrohen Lachen um die Wette leuchteten. Auch wenn das Wetter nicht so ganz mitspielte, waren die Kinder allesamt aufgeregt und glücklich. Nach dem Gottesdienst in der mehr als vollen Kirchen, ging es mit dem Schulbus zur Grundschule. Dort wurde der erste "Unterricht" abgehalten während Familie und Freunde auf dem Schulhof warten mussten. Für mich war das nicht weiter schlimm. denn es gab reichlich Kaffee.

Der Tag der Einschulung war etwas überladen in diesem Jahr. Tim hatte nämlich Geburtstag und in Steinkirchen war Schützenfest. Da musste man ganz klar Prioritäten setzen. Vormittags feierten wir also Linas Einschulung. Die Gäste mussten natürlich bis zum Abend bleiben, denn ein Großteil von ihnen hat dann mit mir auf dem Schützenfest weiter gefeiert. Und Tims Geburtstag? Den haben wir ein paar Tage später gebührend nachgeholt.

Etwa zur gleichen Zeit ist Hanna in die Krippe gekommen. Sie war zu dem Zeitpunkt zwar schon über drei Jahre alt, aber entwicklungsbedingt passte sie einfach besser zu den jüngeren Kindern. In der Regelgruppe wäre sie untergegangen, weil sie einfach noch nicht alles verstand. Nach einem Gespräch mit der Kindergartenleitung stand fest, dass Hanna bei den ganz Kleinen besser aufgehoben wäre. Und was soll ich sagen? Das war wirklich die beste Entscheidung für sie. Innerhalb des letzten halben Jahres hat sie einen großen Entwicklungssprung gemacht und fühlt sich nach wie vor wohl in der kleinen Gruppe mit nur 10 Kindern.

Zusätzlich bekommt Hanna einmal wöchentlich Frühförderung. Die habe ich beim Gesundheitsamt beantragt (es wäre ja auch langweilig, wenn ich mit niemandem über meine Kinder diskutieren kann) und nach einem Test auch genehmigt bekommen. Hanna genießt diese Extrastunde nur für sie allein. Da darf sie Dinge machen, die ich nicht unbedingt ganz oben auf meiner Liste hätte. Mit Rasierschaum malen beispielsweise. Oder einen Spiegel mit Creme verzieren. Aber tatsächlich macht meine Jüngste wirklich große Fortschritte und hat auch noch wahnsinnig Spaß dabei. Als mir dann aber auch noch nahegelget wurde, mit ihr zur Logopädie zu gehen, wurde ich kurz mal wieder etwas ungehalten. Klar, meine Woche hat acht Tage und das mache ich neben meinem Job als Bestatterin auch noch mit links.

Wenn ich mal groß bin,
mache ich alles anders...

Kommt Ihnen dieser Satz bekannt vor? Ich war auch immer der Meinung, ich würde alles anders machen als meine Eltern. Dabei merke ich jetzt schon, wie oft ich Plattitüden gebrauche, die meine Eltern schon bei mir benutzt haben.

Aber es ist doch so: Manchmal texten einen Kinder dermaßen zu, dass das Zuhören schon anstrengend wird. Und dann schaltet man einfach ab, nickt oder brummt an den passenden Stellen. Oh, und Unordnung im Kinderzimmer. Ich habe meine Mutter gehasst, wenn sie alle Spielzeugkisten genommen und in meinem Zimmer ausgeschüttet hat. Und ich musste sie dann nicht nur einräumen, sondern auch noch sortieren. Tja, heute weiß ich, dass das funktioniert. Und das Erpressen. Ja, das ist ein ganz elementares Elterninstrument, ohne das Erziehung um einiges schwieriger wäre.

Mit Jan (ältere Kinder hinterfragen ja doch schon manchmal einige Themen) habe ich übrigens ein Abkommen. Wenn er der Meinung ist, dass ich ihn zu sehr quäle, kann er bei Oma anrufen und sich ausheulen. Ab und zu, wenn ich (ganz zufällig) ein Teil des Gespräches mitbekomme, höre ich meine Mutter sagen: "Da hast wohl aber auch selbst Schuld".

Ansonsten ist mein Erziehungsstil ja sehr konsequent - vor allem, wenn es darum geht, meckernde und schreiende Kinder zu ignorieren.

Und noch ein Satz, der Ihnen bestimmt bekannt vorkommt:

Solange du deine Füße unter meinen Tisch stellst, machst du, was ich dir sage. Ja, das ist auch so ein Paradebeispiel für Dinge, die Eltern generationenübergreifend von sich geben.

Allerdings gibt es einige Situationen, in denen ich zu einer rasenden Wildsau werde. Ich habe da nämlich einen kleinen Erbfehler, was die Ordnung im Kleiderschrank anbelangt. Bei mir sind die Sachen nicht nur nach Art des Kleidungsstücks sortiert, sondern auch nach Farben. Dafür haben meine Kinder allerdings nicht immer Verständnis. Sie sind dann der Meinung, dass es durchaus gerechtfertigt ist, sämtliche Kleidungsstücke aus dem Schrank zu nehmen, alles einmal anzuziehen und dann im Zimmer zu verteilen. Die Veranlagung, strikte Ordnung im Kleiderschrank zu halten, habe ich übrigens von meiner Mama geerbt. Aber komischerweise hat sich das bisher noch auf keines meiner Kinder abgefärbt.

Aus aktuellem Anlass

Jetzt habe ich hier bereits viel erzählt, dass zum Schmun-
zeln verleitet. Aber nach einer fiesen Geschichte, die ich
kürzlich erleben durfte, möchte ich an dieser Stelle auch
einmal etwas Ernsthaftes loswerden.
Wir leben auf einem Dorf und natürlich kennt man beinahe
jeden hier. Da kommt es auch schon vor, dass man mitein-
ander spricht - auch über andere. Bei den Männern heißt es
dann "Wir tauschen uns aus", bei den Frauen nennt man es
hingegen lästern. Zum Glück ist es oft nur Blödsinn und
nicht Ernst gemeint. Manchmal aber geht es auch zu weit.
Und das durften wir erleben.
Kinder sind nicht immer Engel, schlagen manchmal über
die Stränge - das ist schon immer so gewesen und wird sich
vermutlich auch in absehbarer Zukunft nicht ändern. Sie
testen ihre Grenzen aus und dafür habe ich meist auch Verständnis. Aber wenn die Geschichten, die einem dann
zugetragen werden, schon jenseits von Gut und Böse sind,
ja, dann ist doch etwas gewaltig schief gelaufen.
Zu uns ist jemand gekommen, der mir eine unglaubliche
Geschichte darüber erzählt hat, was mein Kind so anstellt.
Ich möchte an dieser Stelle nicht zu sehr ins Detail gehen,
aber die Vorwürfe hätten auch aus einem Film stammen
können, der erst ab 20 Uhr läuft und im Erwachsenenalter
ernsthafte Konsequenzen nach sich gezogen hätte. Ich
konnte es einfach nicht glauben und habe natürlich sofort
mit meinem Kind gesprochen. Unter Tränen hat mein Sohn
mir versichert, dass nichts davon stimmen würde. Die Vor-

würfe waren aber nun einmal da und so beschloss ich, mitsamt Kind an den Ort des Geschehens zu fahren. Vielleicht kamen wir hier der Wahrheit etwas näher.

Und das ging schneller als gedacht, denn es stellte sich heraus, dass alles, aber auch wirklich alles, eine komplette Lüge war. Aufgrund einzelner Tatsachen konnte ich sogar herausfinden, wie dieses Gerücht zustande gekommen war.

"Man trifft sich immer zwei Mal im Leben"

Ich finde, dass Lästereien grundsätzlich etwas sehr Feiges an sich haben. Aber nicht einmal vor Kindern halt zu machen und sie in irgendwelche Lügengeschichten mit hineinzuziehen, ist doch wirklich das Allerletzte. Ich bin nur froh, dass ich dieser Geschichte von Anfang nicht richtig Glauben schenken konnte und nachgefragt habe.

Tatsächlich habe ich es in Erwägung gezogen, rechtliche Schritte gegen die betreffenden Personen einzuleiten, aber dafür reichen die Beweise leider nicht aus. Ich bin aber nicht nur wütend, sondern auch maßlos enttäuscht.

Vielleicht sollten sich diejenigen, die solch fiese Klatschgeschichten in die Welt setzen, einmal überlegen, wie es Ihnen selbst dabei ergehen würde, wenn Sie plötzlich Mittelpunkt von Spekulationen, falschen Gerüchten und unwahren Behauptungen wären? Wahre Größe besteht bestimmt nicht darin, in einem Lügenhaus zu wohnen, sondern sich selbst und anderen gegenüber ehrlich zu sein. Und ganz ehrlich: So etwas auf dem Rücken von Kindern

auszutragen, ist wirklich mehr als armselig. Ich hoffe wirklich, dass sich so etwas nicht wiederholt.

Wann sind wir endlich da?

Autofahren mit Kindern ist ein Thema, dem man wahrscheinlich beinahe ein ganz Buch widmen könnte. Ich fahre ja immerhin vier an der Zahl umher und habe inzwischen alles genauestens durchschaut.
Bei uns gibt es vier Phasen:

Phase 1: Wann sind wir da?
Phase 2: Ich muss pinkeln.
Phase 3: Wann sind wir endlich da?
Phase 4: Die Kinder sind eingeschlafen.

Normalerweise verlaufen die Phasen beim Autofahren in dieser Reihenfolge. Aber natürlich können Phase 2 und 3 beliebig oft vertauscht werden. Kurz nach der Phase 4 der Kinder kommt meine Phase 2: Wir sind da. Auf Phase 1 der Kinder antworte ich der Einfachheit halber immer: GLEICH.
Grundsätzlich würde ich sagen, dass mein Auto eine fahrende Sandkiste ist. Zwei Kinder im Kindergarten und zwei Kinder in der Schule, die auch nicht unbedingt besser sind, machen aus meinem Auto etwas, das man niemals barfuß betreten sollte. Kindergartenkinder sind auch immer Sammler: Stöcke, Steine, alte Haselnüsse (gibt es bei unserem Kindergarten tatsächlich noch im März) - es gibt nichts, was so eine Kinderhand nicht mal mit nach Hause nehmen möchte.
Ab und zu unterziehe ich das Auto einer Grundreinigung.

Das bedeutet, drei Tage lang darf nichts getrunken und gegessen werden. Dann sieht es aber äußerst schnell wie vor der Reinigung aus und ich gebe einfach auf. Unterwegs benötigen wir vor allem Bonbons -die sind noch wichtiger als Pflaster.

Und bei Ralf muss man schauen, ob man ihn überhaupt fahren lässt. Sind die Kinder schon vor Fahrtbeginn jaulig und maulig, ist der Lautstärkepegel für meinen Mann definitiv zu hoch - dann fahre ich lieber.

Unsere letzten Ausflüge habe ich noch gut in Erinnerung. Im Barfußpark in Egestorf war es besonders toll. Dort gibt es Matsch und Lehm und Dinge, von denen man lieber nicht wissen möchte, durch was man gerade läuft. Alle hatten wahnsinnig viel Spaß und wahnsinnig dreckige Füße. Dann fiel uns plötzlich auf, dass Hanna verschwunden war. Während wir noch suchten, fragte uns eine Frau, ob wir ein kleines Mädchen vermissen würden? Ja, auch bei vier Kindern taten wir das, gar keine Frage. Hanna hatte beschlossen, sich der letzten Matschkuhle etwas länger zu widmen. Sie war kurzerhand eine Station zurück gelaufen und amüsierte sich hier ohne elterlichen Beistand. Das Problem war nur, dass sie noch so klein war, dass ihr der Match locker bis zur Hüfte reichte.

Gern genommen ist auch ein Ausflug in den Magic Park Verden. Hier gibt es unter anderem eine Achterbahn, Schiffsschaukel und Wildwasserbahn, die auch schon für kleinere Kinder geeignet sind. Ich gehe zwar nirgendswo hinein (ich habe immer Angst, dass jemand spucken muss - dann würde ich nämlich direkt mitmachen), aber meine

Kinder haben immer viel Spaß. Meistens ist es so leer, dass man auch einmal mehrere Runden hintereinander fahren kann.

Zum Thema Auto muss ich an dieser Stelle übrigens auch noch einmal eine Anmerkung machen. Als ich die Firma meiner Eltern übernommen habe, habe ich Firmen-Werbung auf mein Auto machen lassen. Da fand es doch tatsächlich ein Dorfbewohner pietätlos, dass ich in einem Auto mit der Aufschrift "Bestattung" (meine) Kinder kutschiere. Also ganz ehrlich: Ich kann an dieser Stelle versichern, dass unser Auto ein Privat-PKW ist und keine Leichen chauffiert. Im Leichenwagen dürfen die Kinder natürlich nicht mitfahren. Aber Werbung für seine eigene Firma wird man ja wohl noch machen dürfen. Oder nicht?

Und weil es schon so lange her war...

...war es mal wieder Zeit für einen Aufenthalt beim Arzt (dieses Mal war es ein HNO-Arzt - der fehlte noch in unserer Sammlung). Tim hatte ein kleines Problem mit seinen Polypen. Er schnarchte ungelogen wie ein Holzfäller und beim Essen hatte er ständig den Mund beim Kauen offen, was jetzt für alle anderen Familienmitglieder auch nicht unbedingt schön ist.

Das Entfernen der Polypen zählt zu den sogenannten Routine-OPs und wird ambulant durchgeführt. Ich hatte Tim versprochen, dass wir noch zu Mc Donald's fahren, wenn er alles tapfer mitmacht. So waren dann auch die ersten Sätze des kleinen Mannes nach dem Aufwachen: Wie komme ich hierher? Können wir jetzt Pommes kaufen?

Versprechen Kindern gegenüber muss man unbedingt halten, und so haben wir das "goldene M" nach Verlassen der Praxis angesteuert. Wie es nicht anders zu erwarten war, hatte Tim nach der Operation gar keinen Hunger. Er war von der Narkose noch kaputt, aber die Hauptsache ist natürlich, dass wir da waren. Tim hat ganz tapfer zwei Pommes gegessen und sich ansonsten einfach nur gefreut, dass seine Mami diesen Ausflug mit ihm allein gemacht hat.

Und dann begannen Tims Probleme mit der Ernährung. Er hatte immer wieder Durchfall, Bauchweh und musste sich übergeben. So fuhren wir also wieder nach Stade ins Krankenhaus (man kennt sich ja). Drei Tage lang mussten wir dort bleiben, aber natürlich spuckte Tim in der Zeit nicht.

Er wurde auf eine Fruktose- und Laktose-Intoleranz getestet, wobei letztere negativ war. Der Test auf eine Fruktose-Intoleranz allerdings war positiv. Fruchtzucker war also ab sofort tabu. Natürlich wandte ich mich wieder einmal an meine überaus freundliche und stets hilfsbereite Krankenkasse und bat um eine Ernährungsberatung - immerhin war das Thema neu für mich.

Zu meiner Überraschung stimmte die Krankenkasse zu, allerdings würde man jemanden aus dem eigenen Hause schicken. Es war eine Dame, die mich anrief und mir während eines zehnminütigen Telefonats versuchte, mich angemessen auf die Ernährungsumstellung vorzubereiten. Das war natürlich ein voller Erfolg. Also habe ich mir selbst eine Ernährungsberaterin gesucht (sponsored by Mama) und diese aus eigener Tasche bezahlt.

Doch trotz des Verzichtes auf Fruchtzucker hatte Tim nach wie vor Bauchschmerzen und Durchfall. Ich wagte etwas Neues und suchte mit ihm eine Mesologin auf. Sie haben noch nie etwas von Mesologie gehört? Macht nichts, ich vorher auch nicht. Bei dieser Behandlungsform wird mit Hilfe verschiedener naturheilkundlicher Untersuchungsmethoden nach der Ursache einer Krankheit gesucht. Der Mensch wird quasi "transparent" gemacht. Hauptsächlich geht es um chronische Erkrankungen. Hochschulmedizinisches Wissen wird dabei aber nicht ausgeschlossen, sondern vielmehr mit alternativen Heilweisen wie Homöpathie, Tradititionelle Chinesische Medizin (TCM) oder Ayurveda ergänzt. Diese Mesologin also hat Stromwellen gemessen und kam nach einigen Untersuchungen zu dem

Ergebnis, dass Tim überhaupt keinen Zucker verträgt. Er musste dann über Wochen zur Darmsanierung Bio-Kulturen trinken und danach Schüssler-Salze einnehmen. Und ob man nun daran glaubt oder nicht, inzwischen verträgt Tim selbst Saft auf nüchternem Magen. Ganz ehrlich, ich habe das alles vorher für Humbug gehalten, aber nachdem ich Tim drei Monate lang komplett zuckerfrei ernährt habe, habe ich meine Meinung tatsächlich geändert. Es ging ihm wirklich besser, die Beschwerden waren endlich weg. Leicht war es natürlich nicht. Die fruktosefreie Ernährung war schon eine Herausforderung, aber gänzlich ohne Zucker? Ich träumte nachts schon von Diätplänen und fühlte mich manchmal selbst wie eine Ernährungsberaterin. Jetzt weiß ich zumindest, warum man für diesen Beruf studiert haben muss.

Ich habe jetzt übrigens einmal gezählt. Kind Nummer drei war bisher insgesamt acht Mal stationär im Krankenhaus. Nicht mitgezählt worden sind die ambulanten Aufenthalte. Ihre Zahl dürfte sich zwischen 10 und 15 bewegen. Der letzte Aufenthalt liegt nicht einmal eine Woche zurück. Während ich eine Beerdigung hatte, hat sich mein "höher, schneller, weiter"-Kind ein Loch im Kopf zugezogen. Es ist das Ergebnis einer kleinen Kletterei. Zum Glück konnte man das Loch noch kleben. Bei der Kontrolle beim Hausarzt wurde Tim gefragt, was er denn schon wieder gemacht hätte. Darauf der kleine Mann: "Das? Ach, das ist doch nur ein Loch im Kopf." Und dann wollte Tim noch wissen, wann er denn nun wieder in den Kindergarten kann - er möchte doch wieder toben, denn einfach nur irgendwo zu sitzen, nein, das geht nun wirklich nicht mehr.

Und wenn Tim sich gerade einmal nicht verletzt, sorgt er anderweitig für Unterhaltung. Zum Beispiel mit seiner Brille. Er hat sie bereits einmal im Bällebad des Kindergartens verloren. Nach drei Tagen tauchte sie (tatsächlich noch intakt) wieder aus den Tiefen bunter Plastikbälle auf. Doch die Freude darüber währte nicht lange. Ein Brillenglas ist nämlich nicht gerade begeistert, wenn es mitsamt Träger auf einem Fahrrad gegen eine Hauswand fährt. Also bestellte ich ein neues Brillenglas. Als es dann ankam, war aber mittlerweile die gesamte Brille verschwunden. Vermutlich hat Tim sie irgendwo im Hof liegen lassen. Und bisher ist nicht wieder aufgetaucht. Aber so viel Glück wie beim ersten Mal werden wir wohl auch nicht wieder haben. Als die Brille neu war, hatte Tim sie beim Klettern auf einem Baum verloren. Aufgefallen ist ihm das nicht, aber ein paar später hat er sie während eines Kindergeburtstages (und der nächsten Kletteraktion) wiedergefunden. Wie lange die neue Brille, die ich nun bestellt haben, bei uns bleiben wird, bleibt abzuwarten.

Mehr Sorgen hat uns jedoch Lina bereitet. Mit ihr waren wir inzwischen mehrmals im Werner-Otto-Institut in Hamburg. An dieser Stelle möchte ich nicht sehr ins Detail gehen, aber Kinder, die langsam wirken, sind nicht immer blöd. Und man sollte keinesfalls einfach abstellen - es kann oftmals etwas ganz anderes dahinter stecken.

Und tatsächlich, pünktlich zum Ende meines ersten Buches, haben wir Bekanntschaft mit der ersten Kinderkrankheit gemacht. Jan hatte die Windpocken. Und ich muss sagen: Im Vergleich zu allem, was wir schon hatten, ist das doch ziemlich langweilig.

Zu guter Letzt...

Nun haben Sie Besinnliches, Heiteres und ein wenig Ernsthaftes über mein Familienleben erfahren. Wir sind eine Großfamilie und das ist auch gut so. Aber damit auch wirklich alles funktioniert und stets klappt, sind immer mal wieder helfende Hände nötig. Und die haben wir glücklicherweise reichlich.

Da wären meine Eltern, die im Notfall immer auf die Kinder aufpassen. Eine Tagesmutter, die einspringt, wenn Not am Mann ist. Meine Babysitterin, die mir einen großzügigen Familienrabatt gewährt. Meine Tante, die nicht nur das Kinderhüten übernimmt. Und natürlich einige wirklich gute Freunde. Ohne diese Menschen wäre es manchmal nicht möglich, unseren kleinen Familienbetrieb aufrecht zu erhalten. An dieser Stelle möchte ich mich also ausdrücklich bedanken. Schön, dass es Euch gibt.

Ansonsten muss ich aber gestehen: Alle Personen, die in diesem Buch vorkommen, sind real. Sie existieren und leben in diesem kleinen Mikrokosmos namens Neuenkirchen, Mittelnkirchen, Steinkirchen oder Guderhandviertel. Es ist nichts erfunden - ganz im Gegenteil, manche Geschichten wurden zum Schutz der betreffenden Personen sogar noch verharmlost. Eventuelle Ähnlichkeiten sind also vollkommen beabsichtigt und ich hoffe, Sie fanden es ebenso amüsant wie ich. Künstlich oder schwerfällig ist hier nichts, dafür aber alles mitten aus unserem bunten und ereignisreichen Familienleben.

Ich verabschiede mich in dem Wissen, dass alles gesagt worden ist. Und wenn nicht - ja, dann lesen Sie vielleicht irgendwann ein weiteres Buch von mir. Ich würde mich jedenfalls darüber freuen.

Ihre Antje Freudenberg-Bätjer

PS: Wie der aufmerksame Leser sicherlich gemerkt hat, habe ich hier und da Zitate aus Film und Werbung verwendet. Vielen Dank an deren geistige Schöpfer, denn ich finde sie wirklich sehr treffend.